Holler/Lenk · Der geheimnisvolle Unbekannte

TATORT
GESCHICHTE

Renée Holler/Fabian Lenk

Der geheimnisvolle Unbekannte

Loewe

Bibliografische Information Der Deutschen Bibliothek
Die Deutsche Bibliothek verzeichnet diese Publikation in der Deutschen Nationalbibliografie; detaillierte bibliografische Daten sind im Internet über *http://dnb.ddb.de* abrufbar.

Der Umwelt zuliebe ist dieses Buch auf chlorfrei gebleichtem Papier gedruckt.

ISBN 3-7855-5218-1 – 1. Auflage 2004

Als Einzeltitel sind bereits erschienen: *Gefahr für den Kaiser* und *Der Mönch ohne Gesicht*
Umschlagillustration: Michaela Sangl
Umschlagfoto: Getty Images, PhotoDisc
Umschlaggestaltung: Andreas Henze
Herstellung: Heike Piotrowsky
Gesamtherstellung: Clausen & Bosse, Leck
Printed in Germany

www.loewe-verlag.de

Renée Holler

Gefahr für den Kaiser

Illustrationen von Silvia Christoph

Inhalt

Der Mönch am Fluss

„Kaiser Friedrich?“ Adele blickte ihren Cousin Ulrich ungläubig an. „Wieso sollte der Kaiser denn uns besuchen wollen?“

„Ehrenwort! Heute Vormittag kam ein kaiserlicher Bote, der das Schreiben überbrachte. Der Kaiser wird in einer Woche auf Rabenfels ankommen. Er plant, einige Tage hier zu bleiben und dann nach Würzburg weiterzuziehen. Er ist auf dem Weg von Worms nach Regensburg, wo er andere Kreuzritter treffen will. Von dort zieht er dann weiter nach Jerusalem, um die Stadt von den Sarazenen zu befreien.“

„Das weiß ich“, erklärte Adele. „Großvater hat mir erzählt, dass der Kaiser zu einem neuen Kreuzzug aufbrechen will.“

„Das Beste hat er dir aber nicht erzählt“, unterbrach Ulrich seine Kusine ungeduldig. „Dein Vater will ein Turnier für den Kaiser veranstalten!“

„Ein Turnier?“

„Ja“, Ulrich nickte triumphierend. „Sind das nicht fabelhafte Nachrichten?“

„Na und ob!“ Adele strahlte übers ganze Gesicht,

doch dann verdüsterte sich ihr Blick. „Wie will er das denn bezahlen? Ein Turnier ist teuer, und Vater und Großvater haben sich erst gestern über Geldprobleme unterhalten."

Ulrich zuckte mit den Schultern. „Auf jeden Fall werde ich, Ulrich von Steinfeld, Pagenjunge deines Vaters, des ehrenwerten Ritters Oswald von Heerberg, in den nächsten Tagen einiges zu tun haben."

„Ein Turnier? Wie wollt ihr das denn finanzieren?", fragte auch Edelfrau Ludmilla, Adeles Mutter, als sie alle in der großen Halle zum Abendessen versammelt waren.

„In Heidenfeld gibt es genug Geldverleiher, die uns nur zu gerne aushelfen", beschwichtigte sie der Großvater.

„Ja, weil sie dafür Wucherzinsen verlangen. Ich weiß nicht, ob das eine so gute Idee ist. Wir sind ohnehin schon hoch verschuldet."

„Halte dich da raus, liebe Frau", gebot ihr Ritter Oswald. „Geldangelegenheiten sind Männersache. Wir wissen schon, was wir tun. Du hast da keine Ahnung."

„Außer dass ich unser Haushaltsbuch führe", murmelte die Mutter leise. „Und dass unsere Speisekammer und der Keller halb leer sind. Wie sollen wir da einen Kaiser bewirten und ein Turnier veranstalten?“

„Lass das meine Sorge sein. Dem Kaiser wird ein Fest geboten werden, welches er bestimmt nicht so schnell vergessen wird. Ich werde morgen gleich nach Heidenfeld reiten und mit Jakob Zöpfel, dem Geldverleiher, sprechen.“

„Das ist nicht nötig“, schmunzelte der Großvater geheimnisvoll und zwirbelte seine Schnurrbartspitzen zwischen den Fingern. „Ich habe den Mann bereits vergangene Woche aufgesucht.“

„Aber da wussten wir doch noch gar nichts von dem Besuch des Kaisers!“ Ritter Oswald musterte seinen Vater erstaunt.

„Vom Besuch des Kaisers haben wir nichts gewusst, doch vom neuen Kreuzzug sehr wohl. Und zum Kreuzzug sind nur Ritter zugelassen, die ein Pferd haben und die genug Geld besitzen, um zwei Jahre davon leben zu können."

Alle Augen richteten sich fragend auf den alten Mann.

„Na ja", fuhr der Großvater fort, während er schelmisch grinste. „Und da bin ich zu Jakob Zöpfel gegangen und habe nachgefragt, wie es mit einem Kredit aussähe. Kein Problem, hat er gemeint."

„Vater, das kann doch nicht dein Ernst sein! Du hast doch nicht etwa vor, am Kreuzzug teilzunehmen? In deinem Alter!"

„Selbstverständlich", erwiderte der alte Ritter, ohne mit der Wimper zu zucken. „Ich war beim letzten Mal dabei. Und ich lass mir nicht die Gelegenheit entgehen, beim zweiten Mal mit Kaiser Friedrich zu ziehen."

„Und schrubbt die beiden Gäule so richtig ab", wies der Schmied Hannes und Ulrich am nächsten Morgen an.

„Der einzige Nachteil an einem Turnier sind die Vorbereitungen", stellte Hannes mürrisch fest, als er mit Ulrich, je ein Pferd im Schlepptau, den steilen Weg zum Fluss hinabstieg.

„Wenigstens trifft uns das leichtere Los. Denke nur an die arme Adele. Die muss den Frauen beim Putzen helfen. Das Stroh und die Binsen auf dem Boden des Rittersaals wurden das letzte Mal vor Weihnachten ausgewechselt. Stell dir mal den Dreck vor! Das ist schlimmer, als einen Schweinestall auszumisten. Da putze ich schon lieber Pferde als Fußböden."

„Da hast du Recht", stimmte Hannes dem Freund zu. Dann hielt er plötzlich an.

„Was ist denn das?", wunderte er sich und deutete auf einen riesigen braunen Sack, der am Flussufer lag. Er drückte Ulrich die Zügel in die Hand und lief los.

Der Sack erwies sich als ein Mann in einer braunen Mönchskutte, der mit dem Gesicht nach unten im Sand lag. Am Hinterkopf erkannten die Jungen eine blutige Wunde.

„Lebt er noch?", fragte Ulrich. Hannes, der neben dem Mann kniete, drehte ihn vorsichtig um.

„Ich weiß nicht." Er drückte sein Ohr auf die Brust des Mannes und lauschte. „Doch, er atmet noch."

„Ob er gestolpert ist und sich dabei verletzt hat?", überlegte Ulrich.

Hannes schüttelte den Kopf. „Nein, das glaube ich nicht."

„Jedenfalls ist er nicht vom Kloster Wiesenthal", stellte Ulrich fest. „Die Benediktiner dort tragen schwarze Kutten, und diese hier ist braun."

„Was ist denn das?" Hannes wies auf ein paar zerknitterte Pergamentfetzen, die im Sand verstreut lagen. „Ob die dem Mönch gehören?"

„Steck sie mal sicherheitshalber ein, dann können wir sie uns später in Ruhe ansehen. Jetzt müssen wir den Mann erst mal hoch auf die Burg bringen."

„Und wie sollen wir das hinkriegen? Der ist doch viel zu schwer für uns."

„Wir könnten ihn auf eines der Pferde heben."

Die Jungen versuchten, den Mann aufzurichten, doch es klappte nicht.

„Ich hole jemanden aus dem Dorf." Hannes sprang auf. „Die Hütte von Josef, dem Fischer, ist nicht weit. Warte hier, ich bin gleich wieder zurück."

Hannes rannte auf die Lehmhütte zu, die gleich neben dem Weg, der zum Dorf führte, stand. Kurz darauf kam er mit einem großen, kräftigen Mann zurück.

„Na, den hat es aber böse erwischt", murmelte der Fischer und hob den Mönch auf eines der Pferde. „Schafft ihr es allein?"

„Kein Problem", meinte Ulrich. „Und Tante Ludmilla wird ihn sicher wieder zusammenflicken."

Später am Nachmittag hockten Ulrich und Hannes auf ihrem Geheimplatz hinter dem Schweinestall. Vor ihnen lagen die Schnipsel, die sie neben dem Mönch am Ufer gefunden hatten. Ulrich versuchte, den Text zusammenzupuzzeln.

„Und?", fragte Hannes, der nicht lesen konnte, erwartungsvoll.

„Auf diesem großen Stück sind einige Wappen abgebildet und Buchstaben daneben. Keine Ahnung, was das soll. Die andern Schnipsel scheinen irgendwie zusammenzugehören. Aber ich werde daraus nicht schlau. Hier ist ein S, da ein O ..." Schließlich schüttelte er den Kopf. „Ist zu kompliziert für mich. Komm, wir gehen zu Adele. Die kann besser lesen als ich."

Die beiden eilten über den Burghof zum Palas, wo über dem Rittersaal die Kemenate der Frauen lag. Sie hasteten die Steinstufen hoch und klopften an die schwere Tür.

„Herein", sagte eine Frauenstimme.

Die Jungen betraten den Raum. Engeltrud, Adeles ältere Schwester, sah sie fragend an.

„Wir wollten nur nachfragen, wie es dem Mönch geht."

„Das ist aber anständig, dass ihr euch nach ihm erkundigt", lächelte sie. „Leider geht es ihm nicht viel besser. Er ist immer noch bewusstlos und hat hohes Fieber."

Adele hockte in der Fensternische. Sie hatte für heute mit dem Putzen aufgehört und saß vor ihrem Stickrahmen. Als sie die Jungen sah, sprang sie auf und wollte zur Tür eilen.

„Halt, liebe Schwester. Wo willst du denn so schnell hin?"

„Ich muss nur mal schnell.“

„Dass ich nicht lache! Du weißt genau, was Mutter gesagt hat. Du sollst dich nicht immer mit den Jungen herumtreiben, sondern deinen häuslichen Verpflichtungen nachkommen.“

Adele drehte sich zur Schwester um. „Wenn du Mutter nur ein Wort verrätst, dann wird sie bald wissen, wem du heimlich Briefe schreibst“, zischte sie drohend. Und kaum hatte sich die verdutzte Schwester versehen, war Adele auch schon zur Tür hinaus.

„Was gibt es“, fragte sie Ulrich und Hannes.

„Sieh mal, was wir neben dem verletzten Mönch gefunden haben.“ Ulrich reichte seiner Kusine den Pergamentbogen und die Schnipsel. „Wir haben gedacht, dass die uns vielleicht einen Hinweis geben könnten, wer versucht hat, den Armen zu ermorden.“

„Ermorden?“ Adele schaute Ulrich und Hannes fassungslos an.

„Ja." Hannes nickte. „Ermorden oder vielleicht auch nur auszurauben. Kannst du uns helfen, die Nachricht zu lesen?"

„Klar doch." Adele griff nach dem großen Bogen. „Hm, was das soll, verstehe ich auch nicht. Aber kann ich den Brief vielleicht aufheben? Die Wappen sind so schön."

Ulrich nickte schnell. „Aber guck doch mal hier: Die Schnipsel scheinen irgendwie zusammenzugehören."

Konzentriert beugte sich Adele über die Pergamentfetzen.

? *Wie lautet der Text?*

Unter Mordverdacht

Ulrich wälzte sich auf seinem Strohsack im Schlafraum der Gesindestube unruhig hin und her. Er konnte einfach nicht einschlafen. Der kranke Mönch, der vom Palas hierher umquartiert worden war, hatte zwar noch immer nicht das Bewusstsein wiedererlangt, plapperte jedoch unaufhörlich vor sich hin. Ulrich lauschte. Zunächst ergaben die Worte keinen Sinn, dann, von einem Augenblick zum anderen, wurde das Kauderwelsch klarer.

„Mord!“, rief der Mönch. „Mord!“

Es lief Ulrich eiskalt über den Rücken, und er setzte sich kerzengerade auf.

„Der Minnesänger ... nicht trauen ...“, fuhr der Mönch fort. „Nur jedes siebte Wort! Der Schatz ... Findet den Schatz! Mord!“

Vorsichtig tapste Ulrich durch den von einem Tranlicht spärlich erleuchteten Raum. Er kniete sich neben den Mönch nieder.

„Mord?“, fragte er ihn leise. „Wer soll ermordet werden?“ Er schüttelte den Mönch, der unvermittelt, so als ob nichts geschehen wäre, ruhig atmete und weiterschlief. Ulrich legte seine Hand auf die Stirn des Mannes.

„Ach du meine Güte, der glüht ja vor Hitze!" Er kühlte das Gesicht des Kranken mit einem feuchten Lappen, der in einer Schale neben dem Lager lag.

Als Ulrich die Geschichte am folgenden Morgen Adele berichtete, starrte diese ihn entsetzt an.

„Mord!", rief sie. „Meinst du, der Kaiser soll ermordet werden?"

„Gut möglich. Nehmen wir mal an, der Mönch wollte deinen Vater warnen. Er kam allerdings nicht dazu, da ihm jemand – vermutlich der Mörder – eins über den Schädel gab."

„Schein trügt. Nicht alles ist, was es vorgibt", murmelte Adele nachdenklich. „Ein Wolf im Schafspelz ist unter euch. Was wollte er nur damit sagen?"

„Das ist es!“, rief Ulrich aufgeregt. „Ein Mörder ist unter uns. Jemand, der vorgibt, etwas anderes zu sein, sodass niemand auf die Idee kommt, ihn zu verdächtigen. Und er wird am Tage des Turniers zuschlagen. Adele, das müssen wir unbedingt verhindern!“

„Die Herzogin Kunigunde!“ Mit einem Mal war Adele alles klar.

„Was?“, wunderte sich Ulrich. „Die Herzogin Kunigunde?“

„Also“, erklärte Adele. „Die Herzogin ist eine entfernte Verwandte von Heinrich dem Löwen. Heinrich der Löwe ist mit dem Kaiser verfeindet.“

„Ja, das weiß ich auch. Er wurde nach England in die Verbannung geschickt, nachdem er den Kaiser bei seinen Italienfeldzügen im Stich gelassen hat. Doch das ist ewig her, Heinrich der Löwe ist längst wieder im Lande.“

Adele schüttelte den Kopf. „Nein, der Mann ist wieder in England. Vater hat mir erzählt, dass Kaiser Friedrich ihn abermals verbannt hat, weil er nicht will, dass Heinrich am Kreuzzug teilnimmt.“

„Und was hat das mit den Mordplänen zu tun?“

„Wie du weißt, sind die ersten Gäste fürs Turnier bereits eingetroffen“, erklärte Adele. „Mutter hat einige davon in Engeltruds und meiner Kammer untergebracht. Herzogin Kunigunde gehört dazu. Vergangene Nacht sah ich, wie sie aufstand. Sie holte etwas aus ihrem Bündel, das wie ein Kräuterbund aussah. Dann schlich sie aus der Kammer."

„Aber das hat doch überhaupt nichts mit der Sache zu tun."

„Hat es sehr wohl. Findest du es nicht verdächtig, dass die Frau mitten in der Nacht heimlich im Haus herumschleicht? Ich möchte wetten, sie bereitete einen Trank zu, mit dem sie den Kaiser vergiften will. Aus Rache, weil der Kaiser ihren Verwandten Heinrich verbannt hat."

Ulrich überlegte. „Möglich wäre das. Meinst du, wir könnten herausfinden, ob die Kräuter der Herzogin Kunigunde wirklich giftig sind?"

„Natürlich, wir fragen einfach Frieda", schlug Adele vor. „Als Küchenmagd weiß die doch sicherlich, welche Pflanzen giftig sind und welche nicht."

„Gute Idee. Du holst dir die Kräuter heimlich aus dem Bündel der Herzogin und gehst damit sofort zu Frieda."

Nur wenig später stand Adele in der riesigen Burgküche und hielt der Küchenmagd den Inhalt des Beutels hin.

„Tut mir Leid, Adele, aber ich kann dir nicht weiterhelfen“, sagte Frieda kopfschüttelnd. „Wenn du es genau wissen willst, könntest du das Zeug der alten Grete zeigen.“

„Aber die Kräuterfrau lebt doch im Wald. Da dürfen wir nie im Leben allein hin!“

„Ich muss später sowieso zu ihr“, verkündete Frieda. „Edelfrau Ludmilla will, dass ich für den kranken Mönch Heilkräuter besorge.“

„Hervorragend!“ Adele reichte Frieda den Beutel. „Komm nach dem Abendessen hinter den Schweinestall.“

Am Nachmittag verließ Frieda mit schnellen Schritten die Burg. Am Anfang säumte nur niedriges Gestrüpp den Weg, der in den Wald führte, doch bald standen rechts und links hohe Bäume. Im Sommer, wenn kaum Licht durch die Baumkronen drang, war es hier stockfinster. Jetzt im Frühjahr schimmerten dünne Sonnenstrahlen durch das zarte Grün der Äste.

Im Unterholz raschelte es. Erschrocken blickte Frieda sich um. Waren das etwa die Waldgeister, von denen Grete immer erzählte? Die Kräuterfrau war fest davon überzeugt, dass Zwerge und andere wilde Kreaturen unter den Baumwurzeln hausten. Frieda

begann, schneller zu laufen. Da plötzlich hörte sie den dumpfen Aufschlag von Hufen auf dem weichen Waldboden. Morsche Zweige krachten, ein Pferd wieherte. Schnell duckte sich das Küchenmädchen hinter einen dicken Eichenstamm.

Ein Reiter auf einem schwarzen Ross tauchte zwischen den Bäumen auf. Er trug einen schwarzen Helm, und sein schwarzer Umhang flatterte im Wind. Selbst die Schabracke des Pferdes war tiefschwarz. Friedas Herz schlug bis zum Hals. Das Pferd schnaubte. Aber so unvermittelt, wie der geheimnisvolle schwarze Ritter aufgetaucht war, war er wieder im Dunkel des Waldes verschwunden.

Atemlos stürmte Frieda weiter zur nächsten Wegbiegung.

Endlich! Vor ihr im hellen Sonnenschein lag die Lichtung mit der kleinen Holzhütte der Kräuterfrau. Frieda klopfte erleichtert an die niedrige Tür.

„Herein“, rief die freundliche Stimme der alten Grete, und das Mädchen trat ein.

Nachdem sie der Frau erklärt hatte, wie es um den kranken Mönch stand, zog Grete einen verschrumpelten, braunen Gegenstand aus einem Tontopf.

„Das ist die Wurzel des Hexenkrautes“, erklärte sie. „Deine Herrin soll davon einen Sud kochen und damit die Wunde waschen. Diese Medizin hat sich bei den tiefsten und grässlichsten Verletzungen der Kreuzritter als erfolgreich erwiesen. Zudem heilt der Sud nicht nur Wunden, sondern ist auch zum Schutz gegen Hexen und böse Geister wirksam. Oje!“, rief die Alte plötzlich und eilte auf ihre Feuerstelle zu. „Mein Sirup kocht über.“ Und sie rührte heftig in einer dunklen, dickflüssigen Masse, die in einem Kessel über dem Feuer brodelte.

„Grete?“, fragte Frieda vorsichtig. „Du kennst dich doch mit giftigen Pflanzen aus?“

Die Kräuterfrau nickte. „Ja, wieso?“

„Ich habe hier ein Kraut und würde gerne wissen,

ob es giftig ist.“ Frieda öffnete den Beutel der Herzogin und reichte ihn Grete.

„Ich kann hier von meinem Topf nicht weg. Du musst selber nachschauen. Siehst du die Bündel an der Wand?“

Frieda nickte und ging zu den Kräutern, die fein säuberlich an einem Balken an der Wand hingen.

Grete blickte kurz von ihrem Gebräu auf. „Ich werde dir erklären, welche davon giftig sind.“ Die alte Kräuterfrau rührte weiter in ihrem Topf. „Das dritte Bündel von links in der obersten Reihe, das ist Schierling. Eine äußerst wirksame Medizin, wenn man sie äußerlich anwendet. Sie wirkt bei Geschwüren schmerzstillend. Wer allerdings davon trinkt, dem ergeht es schlecht. Das Kraut lähmt das Opfer, verhindert richtiges Atmen und führt so schließlich einen qualvollen Tod herbei.“

Frieda schauderte.

„Lass mich überlegen“, fuhr Grete fort. „Dann ist da natürlich noch Fingerhut. Ein Sud aus den Blättern, in kleinen Dosen verabreicht, kann den Puls verlangsamen. Doch nur eine Unze zu viel davon lähmt die Herzmuskeln und hat den Tod zur Folge.“

„Und welches ist der Fingerhut?“ Frieda hielt den Atem an.

„Das zweite Bündel von rechts in der zweiten Reihe von unten. Und dann", erklärte die Kräuterfrau weiter, während sie etwas in die brodelnde Flüssigkeit streute, „gibt es natürlich noch Eisenhut. Den findest du in der untersten Reihe ganz rechts. Eine Tinktur eignet sich hervorragend zum Einreiben bei Muskelschmerzen. Innerlich eingenommen, würde der Tod allerdings innerhalb kurzer Zeit eintreten. Zunächst verspürt das Opfer einen brennenden Schmerz im Mund, der sich im ganzen Körper ausbreitet. Dann wird sein Atmen immer schwächer, er wird matt und müde, bekommt Magenkrämpfe, muss sich erbrechen, bis der Tod schließlich eintritt."

Frieda schüttelte sich. „Das klingt ja schrecklich."

Grete nickte zustimmend. „Ja, es kommt immer auf die richtige Mischung an. Die meisten anderen Kräuter, die ich zurzeit in der Hütte habe, sind selbst in größeren Mengen nicht schädlich. Außer Bauchweh oder Durchfall oder vielleicht auch mal Kopfschmerzen und Schwindelgefühle kann nichts passieren. Die getrockneten Pilze allerdings ..."

Doch Frieda hörte nicht mehr zu. Sie verglich mit klopfendem Herzen die getrockneten Blätter aus dem Beutel der Herzogin mit den Kräuterbündeln an der Wand.

?
Sind die Kräuter der Herzogin giftig?

Minnesänger auf der Burg

„Und dann kann man nicht mehr atmen und stirbt einen qualvollen Tod“, erklärte Frieda den anderen Detektiven, als sie sich nach dem Abendessen heimlich hinter dem Schweinestall trafen.

Adele, Ulrich und Hannes schauten sie mit weit aufgerissenen Augen an.

„Und die Kräuter der Herzogin?“, wollte Adele wissen.

„Ach, die“, antwortete das Küchenmädchen grinsend, „das war Salbei. Grete sagte, dass ein Aufguss davon wie eine Art Lebenselexier wirkt. Es beugt Gedächtnisschwund vor, stärkt die Nerven und ist gut für die Verdauung. Wenn man den Sud gurgelt, schafft Salbei bei Halsweh Erleichterung.“

„Ach.“ Ulrich war enttäuscht. „Das bedeutet wohl, dass die Herzogin Kunigunde als Verdächtige wegfällt.“

Frieda nickte.

„Wenn ihr mich fragt“, wandte sich Hannes an die übrigen drei, „dann sollten wir uns die Minnesänger genauer ansehen. Der Mönch hat doch auch von einem Minnesänger gesprochen. Vielleicht plant ja einer der Sänger, den Kaiser umzubringen."

„Richtig", stimmte ihm Adele zu. „Habt ihr übrigens den jungen Minnesänger gesehen, der gestern Abend auf der Burg ankam? Wolfram oder so ähnlich heißt er."

Die beiden Jungen schüttelten den Kopf.

„Höchst verdächtig! Ihr hättet mal sehen sollen, wie der meine Schwester Engeltrud beim Abendessen anhimmelte. Ekelhaft! Er will sich sicher nur einschmeicheln, damit man ihn nicht verdächtigt. In Wahrheit hat er sicher etwas Krummes vor."

Am nächsten Morgen, gleich nach dem Aufstehen, wollte Adele in den Rittersaal gehen, um den Minnesänger eingehender in Augenschein zu nehmen. Vielleicht gelang es ihr ja, ihn in ein Gespräch zu verwickeln.

„Halt, mein Fräulein", kam ihr die Mutter zuvor. „Du gehst zu Resi in den Hof und hilfst ihr beim Waschen. Die Waschfrau aus dem Dorf, die ihr sonst hilft, ist krank."

„Aber, Mutter!"

„Kein Aber! Der Kaiser kommt, und da muss alles blitzblank sein."

„Wir haben die Betttücher doch erst vergangenen Herbst gewaschen. Die sind noch völlig in Ordnung."

Doch die Mutter ließ sich nicht erweichen, und so blieb Adele nichts anderes übrig, als in den Hof zu gehen. Dort stand Resi, die Magd, bereits an einem Zuber und bearbeitete die Leinentücher heftig mit einem Schlagholz. Neben ihr blubberte schäumendes Seifenwasser in einem großen Kessel über einem Feuer. Frieda stand mit aufgerollten Ärmeln daneben und rührte die Wäsche.

„Frieda!" Adeles verzagter Blick hellte sich auf. „Hat man dich auch zum Wäschewaschen verurteilt?"

Frieda nickte. „Ist gar nicht so schlimm", meinte sie. „Man hat hier einen fantastischen Überblick über das Treiben im Burghof. Außerdem ziehen gerade Gaukler zur Burg hoch. Die müssen jeden Augenblick ankommen. Minnesänger sollen auch darunter sein." Frieda zwinkerte ihrer Freundin heftig zu.

Adele verstand sofort. „Na, dann an die Arbeit." Sie rollte ihre Ärmel hoch und begann, ein Leintuch im Zuber zu schrubben.

Da ertönte eine Fanfare vom Wachturm.

„Da sind sie!", rief Adele freudig.

„Komm, Frieda!" Sie packte ihre Freundin mit feuchten Händen am Arm.

„Und die Leintücher?“

„Ach, die können warten“, und bevor Resi etwas einwenden konnte, rannte Adele los. Frieda blieb bei den Waschzubern zurück. Sie wollte keine Prügel riskieren.

Zuerst kam ein Mann auf Händen in den Hof spaziert. Ein bunt gekleideter Jongleur, der gleich mehrere Bälle durch die Luft warf, folgte ihm. Danach zogen mehrere Musikanten ein.

Adele stellte sich auf die Zehenspitzen, um besser sehen zu können. Ein riesiger Bär zog jetzt durch das Tor ein. Adele betrachtete das zottelige Ungetüm, das sich zu den Klängen eines Tamburins hin und her wiegte und im Kreis herumtapste. Ganz geheuer war ihr dabei nicht. Als Nächstes kam ein Schwertschlucker, gefolgt von Akrobaten, die wilde Körperverrenkungen vorführten. Das Schlusslicht bildeten ein Mann in Narrenkappe auf Stelzen und zwei Minnesänger, die eine fröhliche Melodie trällerten.

„Und was hast du hier zu suchen?", fragte da plötzlich die strenge Stimme der Mutter. „Zurück zu den Waschzubern! Und heute Abend gehst du zur Strafe ohne Essen zu Bett."

„Aber Mutter ..."

„Los, mach schon!" Kleinlaut lief Adele zurück zur Wäsche und half für den restlichen Tag der Magd und Frieda beim Schlagen, Spülen, Wringen und Aufhängen der sauberen Leintücher.

In der folgenden Nacht konnte Adele nicht einschlafen. Es war nicht nur der Hunger, der Adele wach hielt, sondern auch ihre Gedanken, die sich wie wild überschlugen. Keiner der Minnesänger hatte sich als verdächtig erwiesen. Es schien sich um ganz harmlose Musikanten zu handeln. Und Wolfram hatte tatsächlich nur Augen für Engeltrud. Wie sollten sie einen Mörder überführen, wenn er sich absolut unverdächtig verhielt?

Adeles Lider wurden immer schwerer, doch gerade, als sie dabei war einzuschlafen, erklang vom Hof her ein ohrenbetäubender Lärm. Es dauerte eine Weile, bis ihr klar wurde, dass es sich nicht um ein Tier, sondern ein Musikinstrument handelte.

„Das gibt's doch nicht“, murmelte Adele, schlüpfte aus dem warmen Bett und tapste barfuß über den kalten Steinboden zum Fenster.

Unten im Hof stand eine dunkle Gestalt, ein Mann, der seine Kapuze tief ins Gesicht gezogen hatte. In der Hand hielt er eine Laute, an der er ungeschickt zupfte. Dann begann er, aus voller Kehle zu singen.

Davon wachte auch Engeltrud auf. Sie schlich zum Fenster und spähte in den Hof.

„Ach du meine Güte“, flüsterte sie. „Wer ist das denn bloß?“

„Wohl einer deiner zahlreichen Verehrer“, neckte Adele ihre ältere Schwester.

„Ach, halt doch die Klappe! Du hast ja keine Ahnung. Wolfram singt viel besser. Oje, klingt das schrecklich! Das tut ja weh.“

„Stimmt“, pflichtete Adele Engeltrud bei und hielt sich mit den Händen die Ohren zu.

Kaum hatte der Minnesänger seine erste Strophe beendet, hörte man Ritter Oswalds laute Stimme.

„Ruhe!“, schrie der Burgherr. Dann klang es, als ob sich ein Wolkenbruch über den Hof ergoss. Augenblicklich herrschte Ruhe. Nur ein Käuzchen schrie.

Adele kicherte. „Ob das Vaters Nachttopf war? Vielleicht sollte der gute Mann etwas mehr üben, bevor er das nächste Mal die ganze Burg mit seinen Künsten aufweckt.“

Auf leisen Sohlen schlichen die beiden Schwestern zurück ins Bett.

„Der Mann ist höchst verdächtig“, schloss Adele ihren Bericht für Frieda und Hannes, die die nächtliche Vorführung verschlafen hatten.

„Er konnte wirklich überhaupt nicht singen“, ergänzte Ulrich. „Möchte wetten, dass er gar kein Minnesänger, sondern der Wolf im Schafspelz ist.“

„Na klar, das ist der Mann, den wir suchen!“ Frieda nickte begeistert.

„Woher wollt ihr das so genau wissen?“, zweifelte Hannes. „Vielleicht konnte er ja wirklich nur nicht singen?“

Ulrich schüttelte den Kopf. „Adele, hast du den Text verstanden?“

„Und ob. Engeltrud und ich mussten uns zusammenreißen, um nicht laut zu lachen! Er konnte nicht mal dichten.“

Mit hohler Stimme trug sie vor:

„Der Mond scheint so lieblich um Mitternacht.
Da will ich mein schönstes Herzliebchen treffen.“

„Genau!“, rief Ulrich. „Ich weiß auch noch, wie es weiterging:

Doch ich muss fahren nach Jerusalem morgen.
Mich rüsten mit großer Herzenspein zum Kreuzzug.
Mein Liebchen bleibt zurück, mein liebster Schatz,
stickend in ihrer Kammer im höchsten Turm,
wo im Winde stets flattert ein Fähnelein.“

„Mit etwas mehr Melodie würdest du dich ausgezeichnet als Minnesänger eignen“, grinste Hannes.

„Versteht ihr denn nicht, was ich sagen will? Der Mann wollte irgendjemandem etwas mitteilen.“ Ulrich musterte die Freunde ungeduldig.

„Denkt doch mal nach. Wisst ihr nicht mehr, was der Mönch im Delirium geredet hat?“

Welche Botschaft ist im Minnesang verborgen?

Das geheimnisvolle Turmzimmer

„Mitternacht – treffen – morgen – Kreuzzug – Schatz – Turm – Fähnelein. Wenn ich das richtig verstehe“, stellte Frieda fest, „dann hat hier jemand morgen Nacht ein Stelldichein, und zwar in einem Turm, auf dem ein Fähnchen weht.“

„Die Worte könnten doch auch eine ganz andere Bedeutung haben.“ Ulrich wurde ungeduldig. „Bei dem Wort Schatz könnte es sich um einen wirklichen Schatz handeln ...“

„Ich glaube, jetzt träumst du“, lachte Hannes.

„Nein.“ Ulrich ließ sich nicht so leicht von seiner Idee abbringen. „Großvater hat mir erzählt, dass Kreuzritter früher oft kostbare Schätze aus dem Heiligen Land mitbrachten. Könnte es sich nicht darum handeln?“

„Hm.“ Adele dachte nach. „Klingt zwar verrückt, doch wer weiß, vielleicht ist ja doch ein Körnchen Wahrheit dran.“

„Ja“, auch Frieda begann, sich für die Idee zu begeistern. „Vielleicht befindet sich ja sogar ein Kreuzritterschatz auf Rabenfels.“

„Aber was hat das Ganze mit dem geplanten Mord am Kaiser zu tun?", fragte Ulrich, der in Gedanken schon wieder beim Wesentlichen war.

„Keine Ahnung ... Um das herauszufinden, sollten wir morgen um Mitternacht in den Turm gehen. Dort können wir sehen, wer sich verabredet hat und warum."

„Und in welchem Turm soll das Treffen stattfinden?" Ulrich raufte sich die Haare. „Auf Rabenfels gibt es unzählige Türme! Da ist der Bergfried, der Wachturm, der kleine Turm beim Tor und der runde Turm."

„Na, im runden Turm natürlich." Hannes war sich sicher.

„Was?" Adele blickte ihn erschrocken an. „In den runden Turm gehe ich ganz bestimmt nicht. Da spukt es."

„Das ist es ja gerade. Wer sich um diese Zeit verabredet, will vermeiden, dass andere das Gespräch belauschen. Und was ist da besser geeignet als ein Turm, in dem es angeblich spukt. Außerdem“, fügte er noch hinzu, „ist das der einzige Turm auf Rabenfels, auf dem eine Fahnenstange befestigt ist.“

„Und was ist mit dem Ritterfräulein, das in dem Turm herumgeistert?“, gab Frieda zu bedenken.

„Das ist doch totaler Unsinn.“ Hannes glaubte nicht an Geister. „Ich gehe um Mitternacht in den Turm. Wer kommt mit?“

Die anderen Detektive schwiegen. Adele schüttelte ihren Kopf. „Ich kann nicht aus der Kammer raus, ohne dass es jemand merkt“, meinte sie entschuldigend.

„Ich ... ich auch nicht“, stotterte Frieda. „Die Köchin schläft äußerst unruhig.“

Hannes schaute Ulrich an. „Und du? Willst du dich auch drücken?“

„Nein. Natürlich komme ich mit“, erwiderte dieser, obwohl er sich dabei unbehaglich fühlte. Doch das konnte er ja vor den anderen schlecht zugeben.

Dichter Nebel umhüllte Burg Rabenfels, als Ulrich und Hannes kurz vor Mitternacht über den Burghof schlichen. Der runde Turm war am nördlichen Ende in die Ringmauer eingebaut. Niemand hatte ihn in den letzten Jahren betreten – und das nicht nur wegen des angeblichen Geistes, sondern weil das Bauwerk äußerst renovierungsbedürftig war. Doch für solche Ausgaben fehlte auf Rabenfels das Geld.

Hannes hatte aus dem Stall eine kleine Laterne mitgebracht, damit sie in der Dunkelheit den Weg fanden. Ein Käuzchen schrie. Ulrich schauderte, doch Hannes schritt mutig weiter. Am Turm angelangt, zerrte er am Riegel der Holztür.

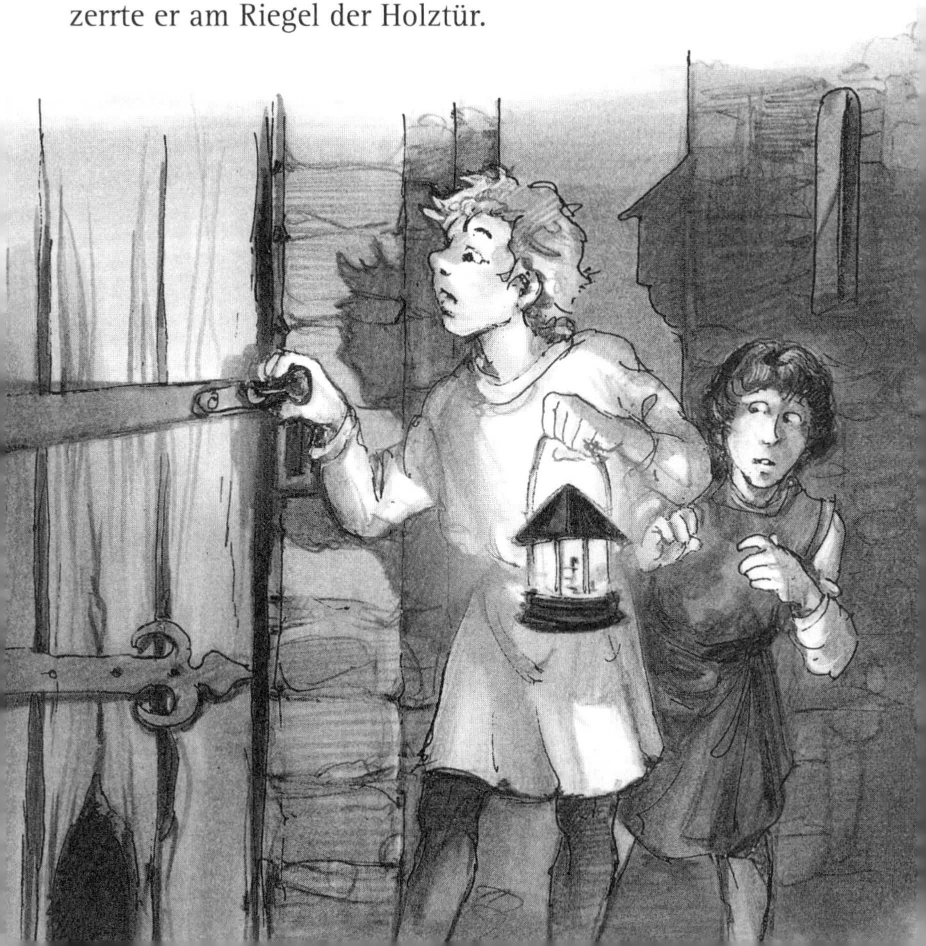

„Ist rostig“, stellte er fest. „Komm, pack mal mit an.“

Gemeinsam schafften sie es, die Tür zu öffnen. Hannes leuchtete mit seiner Laterne die steile Wendeltreppe hoch.

„Na, hoffentlich kracht die nicht unter unserem Gewicht zusammen“, begann er zu zweifeln.

„Ach was!“ Ulrich sprach mehr zu sich als zu Hannes. „Die Stufen sind nur ausgetreten.“

Die Jungen tasteten sich langsam vorwärts.

Schließlich gelangten die beiden in einen kreisrunden Raum, in dem die Wendeltreppe endete.

„Das muss das Turmzimmer sein“, flüsterte Hannes leise. „Das, in dem es spukt.“

„Fällt dir irgendetwas Besonderes auf?“

Hannes hielt seine Laterne hoch. „Nichts, nur die Truhe hier.“ Er öffnete den Deckel. „Leer. Schade! Einen Augenblick lang dachte ich, es könnte sich um eine Schatztruhe handeln.“ Gerade, als er den Deckel wieder schließen wollte, hörten die Detektive ein Geräusch.

„Schnell, puste das Licht aus!“ Ulrich packte Hannes am Arm. „Da kommt jemand die Treppen hoch.“

„Der Geist des Burgfräuleins!“ Hannes wurde leichenblass. „Was sollen wir jetzt tun?“

Ulrich schaute sich im Zimmer um. „Die Truhe“, sagte er schnell. „Komm, nichts wie hinein.“

Die Schritte kamen immer näher. Jetzt konnte man sogar gedämpfte Stimmen hören.

Hannes stand starr vor Schreck.

„Nun komm schon!“ Ulrich zog seinen Freund ungeduldig neben sich in die Truhe und ließ den Deckel leise zufallen.

„Da hat uns der gute Neidhardt doch beinahe alles vermasselt“, sagte in diesem Augenblick eine tiefe Männerstimme.

„Muss schon sagen, Theo, das hast du gut hingekriegt. Der gute Mann ist total außer Gefecht gesetzt“, lobte eine Frauenstimme. „Meinst du, er hätte wirklich Ernst gemacht und unseren Kaiser Fritz ...?“

„Ohne Zweifel. Der hätte ihn erledigt. Neidhardt kann man nicht über den Weg trauen."

Eine andere Männerstimme lachte. „Stellt euch nur vor, welch ein köstlicher Skandal das wäre: Der Kaiser tot. Eigentlich gar keine so schlechte Idee. Dann wäre unser Anteil größer."

„Reiß dich zusammen", wies ihn die Frau zurecht. „Fritz bleibt am Leben."

„Ist ja schon gut. Zur Sache, liebe Freunde. Die Lage des Schatzes. Theo, wo ist der Plan?"

„Neidhardt hat ihn verloren", murmelte Theo.

„Was? Dieser Idiot!"

„Keine Sorge, ich habe die Zeichnung genau im Kopf behalten. Leuchte mir mal mit der Laterne."

Die Jungen in der Truhe hielten den Atem an. Sie hörten ein Kratzen, fast so als ob jemand etwas mit einem spitzen Gegenstand in den harten Steinboden ritzte.

„Dieses Kreuz hier ist unser Standort", erklärte der Mann, und er fuhr fort, den Boden zu bearbeiten. „Und dieser Stern markiert den Gang. Genau so war die Lage des Schatzes auf Neidhardts Plan eingezeichnet."

„Gute Arbeit, Theo", lobte die Frau. „Und wann sollen wir zuschlagen? Noch heute Nacht?"

„Auf keinen Fall", widersprach Theo. „Wir müssen unbedingt warten, bis Fritz ankommt, damit auch ja nichts schief läuft."

„Zugegeben", räumte die Frau ein. „Fritz ist ein äußerst gutes Ablenkungsmanöver. Seinetwegen werden alle Burgbewohner, von der unwichtigsten Dienstmagd bis zum Burgherrn persönlich, vollauf beschäftigt sein." Sie gähnte laut und ausgiebig. „Wenn das alles ist, würde ich jetzt gerne zu meinem Strohsack zurückkehren. Ich bin schrecklich müde."

„Ich auch", stimmte ihr Theo zu.

„Also das mit dem Mord", lachte der andere Mann laut, während die drei die Treppe hinabstiegen, „werde ich mir noch überlegen. Wäre das nicht ein Riesenspaß?" Das Echo seines widerlichen Lachens ließ Ulrich und Hannes in ihrem Versteck die Haare zu

Berge stehen. Dann verhallten die Schritte, und im Turmzimmer kehrte wieder Ruhe ein.

„Wie dumm", flüsterte Ulrich, als sie aus der Truhe stiegen, „dass wir unsere Laterne nicht wieder anzünden können. Wie sollen wir denn den Plan der Bande sehen? Es ist stockdunkel."

„Der Plan muss bis morgen warten", stellte Hannes fest. „Komm, lass uns gehen, bevor das Gespenst doch noch auftaucht."

Doch weder Hannes noch Ulrich gelang es, am nächsten Morgen zurück in den runden Turm zu gehen. Ritter Oswald brauchte seinen Pagen ebenso wie der Schmied seinen Lehrjungen. Vor der Mittagspause hielt es Hannes vor Ungeduld nicht mehr aus.

„Ich muss mal", erklärte er dem Schmied und eilte zum Abtritt. Kurz davor blickte er sich vorsichtig um und bog Richtung Turm ab. Mit großen Schritten hastete er die Wendeltreppe hoch. Mit klopfendem Herzen kam er in der Turmstube an. Verwundert darüber, dass er sich in der Nacht gefürchtet hatte, betrachtete Hannes den Raum. In den Sonnenstrahlen, die durch die Fensterschlitze fielen, tanzte der Staub. Sein Blick glitt über den Fußboden. Schnell hatte er die Skizze gefunden.

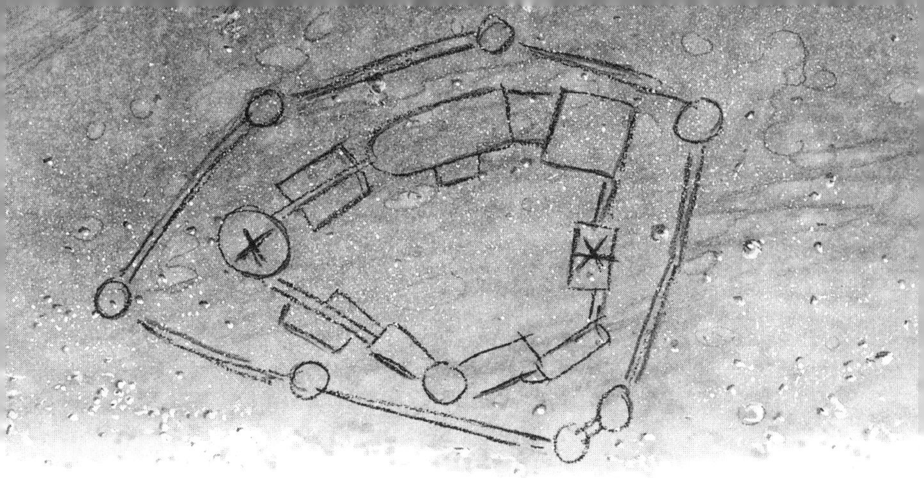

„Sieht wie der Grundriss der Burg aus“, murmelte er, als er die Zeichnung genauer untersuchte. „Hier ist der runde Turm ...“ Aufgeregt sprang er auf und spähte zum Fenster hinaus.

An einem klaren Tag bot sich vom Turm aus ein fantastischer Fernblick. Doch Hannes hatte nur Augen für die Burganlage, die sich unter ihm ausbreitete. Da lag der Burghof mit dem Bergfried und dem Palas, daneben die kleine Kapelle, deren buntes Glasfenster in der Sonne glitzerte. An die Burgmauer gekauert, konnte er die Wirtschaftsgebäude und den Stall mit der Schmiede erkennen.

„Wenn man den Plan mit der Burganlage vergleicht“, dachte Hannes laut, „dann müsste man leicht feststellen können, welches Gebäude die Schatzsucher mit einem Stern markiert haben.“

„Genau! Das ist es!“, rief er aus und stürmte, so schnell er konnte, die engen Stufen hinab.

Welches Gebäude haben die Schatzsucher markiert?

Nachforschungen im Kloster

„Nein, ich konnte absolut nichts finden“, erklärte Hannes später den anderen Detektiven. „Sieht so aus, als hätten die Verbrecher die falsche Stelle markiert.“

„Vermutlich gibt es sowieso keinen Schatz“, warf Frieda ein. „Wir sollten besser den Mann finden, der den Kaiser ermorden will.“

„Wir haben doch noch eine Möglichkeit!“, rief Adele plötzlich. „In der Burgchronik im Kloster Wiesenthal gibt es sicherlich Hinweise auf einen Schatz, falls es den tatsächlich geben sollte.“

„Hervorragend! Adele, du musst sofort zum Kloster. Du kannst am besten lesen.“ Ulrich war begeistert. Doch dann verdunkelte sich sein Blick. „Doch Tante Ludmilla wird dir nie erlauben, dass du jetzt zum Kloster gehst.“

„Macht euch da mal keine Sorgen“, meinte Adele. „Da fällt mir schon irgendwas ein.“

„Vier, fünf, sechs ...", Edelfrau Ludmilla seufzte, während sie die geräucherten Schinken, die in der Vorratskammer von der Decke baumelten, zählte. „Wir müssen unbedingt noch welche vom Metzger aus Heidenfeld besorgen."

„Mutter?", fragte Adele vorsichtig.

„Adele! Meine Güte, hast du mich erschreckt. Was willst du?"

„Wir haben ein Problem. Mathilde hat gerade festgestellt, dass wir fast keinen Honig mehr haben, um den Mandelpudding für den Kaiser zu süßen."

„Auch das noch!", stöhnte die Mutter.

„Also", fuhr Adele fort, „da dachte ich mir, wir könnten uns welchen aus dem Kloster besorgen."

„Ein guter Vorschlag", überlegte die Mutter. „Nur kann ich hier gerade niemanden entbehren, um ihn auf Botengänge zu schicken."

„Ich könnte doch mal schnell rüberlaufen."

„Aber allein ..."

„Natürlich nicht allein", fiel Adele der Mutter ins Wort. „Frieda könnte mich begleiten. Gleichzeitig könnte ich dem Abt eines meiner selbst gestickten Deckchen bringen. Dann kann er im Mai den Marienaltar damit schmücken." Unschuldig blickte Adele ihre Mutter mit großen Augen an.

Edelfrau Ludmilla lächelte erstaunt. „Das ist ein sehr lobenswerter Gedanke."

Wenig später hüpften die beiden Mädchen fröhlich singend den Weg zum Kloster entlang.

Auf einmal packte Frieda Adele am Arm. „Schau mal, dort!"

„Was?" Adele blickte sie verwundert an. „Hast du etwa Räuber gesehen?"

„Nein", Frieda schüttelte den Kopf. Sie deutete hinab ins Tal, wo man Kloster Wiesenthal liegen sah. „Keine Räuber, sondern den schwarzen Ritter, der mir auf dem Weg zur alten Grete begegnet ist."

Tatsächlich, unten am Klostereingang stand der schwarze Ritter, der sich mit einem Mönch unterhielt. Soeben schwang er sich auf sein Ross, hob die Hand zum Gruß und galoppierte den Hang hinauf.

„Schnell, hinter den Busch.“ Adele zog Frieda hinter das Gestrüpp am Wegrand. Mit angehaltenem Atem warteten sie, bis der Ritter an ihnen vorübergesprengt war. Kurz vor Rabenfels bog er nach links, spurtete durch die Furt im Fluss und galoppierte auf der Würzburger Straße davon, bis nur noch eine Staubwolke von ihm zu sehen war.

„Was der wohl im Kloster zu suchen hatte?“, überlegte Adele, und die beiden Mädchen eilten den Hang hinab.

Kurz darauf klopften sie an der Pforte an. Ein kleines Holztürchen, welches im Tor eingelassen war, wurde zur Seite geschoben, und das runde Gesicht des Pförtners kam zum Vorschein.

„Wer ist da?“, fragte er.

„Edelfräulein Adelindis von Heerberg von der Burg Rabenfels“, antwortete Adele, „mit Begleitung.“

„Was wünscht ihr?“

„Wir würden gerne mit Pater Anselm sprechen.“

„Da habt ihr Glück“, murmelte der Mönch. „Wir haben gerade unsere Andacht beendet. Pater Anselm ist in der Schreibstube.“

Die schwere Eichentür öffnete sich quietschend, und der alte Pförtner ließ die Mädchen eintreten. Ein Junge in schwarzer Kutte, nur wenig älter als die Mädchen, tauchte aus der Kammer hinter der Pforte auf.

„Kommt“, sagte er und lief zügig den Kiespfad, der zum Hauptgebäude des Klosters führte, entlang. Adele und Frieda konnten kaum Schritt halten.

„Was wollte der schwarze Ritter von euch?“, fragte Adele den Novizen geradeheraus.

„Welcher schwarze Ritter?“

„Derjenige, der kurz vor uns das Kloster verließ.“

„Ach, der ... Weiß ich auch nicht. Er besprach etwas mit dem Abt.“

„Und du hast keine Ahnung, worum es dabei ging?“, bohrte Adele weiter.

„Nur dass es irgendetwas mit dem Kaiser zu tun hat. Sonst nichts. Sie haben unter vier Augen gesprochen.“

Adeles Gedanken rasten. Steckte der schwarze Ritter etwa mit den Verschwörern unter einer Decke? Und welche Rolle spielte dabei der Abt?

„Die Schreibstube“, murmelte der Novize plötzlich und hielt den beiden eine schwere Tür auf. „Bruder Anselm sitzt am hintersten Pult.“ Wortlos verschwand er.

Es dauerte eine Weile, bis sich die Augen der Mädchen an das dämmrige Licht gewöhnt hatten. Vor ihnen lag ein weitläufiger Raum, in dem Mönche an ihren Schreibpulten saßen. Bis auf das Kratzen von Gänsekielen auf Pergament war kein Geräusch zu hören.

Ein kleiner, rundlicher Mönch blickte von seinem

Buch auf, legte den Federkiel auf sein Pult und schritt lächelnd auf die Mädchen zu.

„Adelindis, welch eine Überraschung." Er griff nach ihrer Hand und schüttelte sie. „Und wer ist deine Freundin hier?"

„Grüß Gott, Pater Anselm", begrüßte Adele den Mönch. „Das ist Frieda, unser Küchenmädchen."

„Und was verschafft mir diese unerwartete Freude?", wollte der Pater wissen.

„Ich habe ein Altardeckchen gestickt", erklärte Adele und reichte dem Pater das Tuch. „Für den Marienaltar."

„Hab Dank, du liebes Kind." Pater Anselm betrachtete es wohlwollend. „Ich werde es an den Abt weiterreichen." Er schmunzelte. „So, und jetzt sagt ihr mir, was euer eigentlicher Grund ist, mich zu besuchen."

„Pater Anselm, wir möchten uns gerne die Burgchronik anschauen."

„Aber gerne. Doch woher stammt dieses plötzliche Geschichtsinteresse?"

„Wir wollten mehr über die Burg erfahren. Vor allem jetzt, da sich der Kaiser angekündigt hat ..."

Pater Anselm nickte verständig. „Ja, ich habe schon von eurem großen Gast gehört. Wann soll er denn ankommen?“

„Übermorgen.“

„Na, dann lasst uns mal die Chronik holen.“ Er ging auf ein Gestell an der Wand zu, auf dem unzählige in Leder gebundene, dicke Bücher lagen. Er legte eines davon auf ein freies Lesepult.

„Hier. Seid sorgfältig beim Umblättern. Ich werde euch allein lassen.“ Und er ging zurück zu seinem Schreibpult.

Adele öffnete vorsichtig den schweren, ledernen Buchdeckel, auf dem eine goldene Blumengirlande und das Rabenfelser Wappen, ein Felsen und ein Rabe, eingeprägt waren.

„Schau mal diese Zeichnungen an!“, rief Frieda laut und deutete auf die erste Seite der Chronik. „Die sind ja fantastisch!“ Dann biss sie sich verlegen auf die Unterlippe, denn mehrere Mönche sahen vorwurfsvoll von ihrer Arbeit auf.

„Ruhe“, gebot ein älterer Mönch und warf ihr einen strengen Blick zu.

Adele begann, leise die Chronik vorzulesen. „1086: Der edle Ritter Marquard aus dem Geschlecht der Heerbergs erbaut den Burgfried auf dem Rabenfels oberhalb des Flusses. 1087: Bauern und Fischer siedeln sich um die Burganlage am Flussufer an. 1088: Wolfsteiner Ritter greifen Rabenfels an. Die Mauer um Rabenfels wird verstärkt."

Frieda lauschte aufmerksam, während sie die bunten Bilder in der Chronik bewunderte.

„1188: Der Edelfrau Ludmilla wird ein Sohn geboren, der auf den Namen Benno getauft wird", las Adele den letzten Eintrag vor.

„War das alles?", wollte Frieda wissen.

„Ja, die Geburt meines kleinen Bruders ist der letzte Eintrag", stellte Adele fest. „Da steht nichts über einen Schatz oder einen unterirdischen Gang."

„An den Illustrationen ist auch nichts Auffälliges", meinte Frieda. „Die Geschichte vom Schatz ist wohl doch nur erfunden. Schade!"

„Moment mal.“ Adele blätterte ein paar Seiten zurück. „Das kann doch nicht stimmen. Es sei denn, der Schreiber hat sich vertan.“

„Was?“ Frieda betrachtete neugierig die Seiten, die Adele aufgeschlagen hatte. Aber sosehr sie sich auch anstrengte, es fiel ihr nichts Besonderes auf. „Wenn ich doch nur lesen könnte“, seufzte sie.

? *Was ist Adele aufgefallen?*

Auf Schatzsuche

Der Pater beugte sich über die Chronik und untersuchte sie sorgfältig. „Wie ist das nur möglich? Als der Wandermönch vor ein paar Tagen hier vorbeikam, war die Chronik noch vollständig."

„Ein Wandermönch hat sich das Buch angesehen?"

Der Pater nickte stumm.

„Der verletzte Mönch ...", murmelte Frieda leise.

Der Pater strich noch immer sprachlos mit seinem Finger über den Falz.

„Wissen Sie, ob zwischen 1101 und 1114 auf Burg Rabenfels etwas Wichtiges geschehen ist?"

Pater Anselm überlegte. „Das war nur wenige Jahre nach dem ersten Kreuzzug. Ritter Bodo von Heerberg, dein Ururgroßvater, kehrte damals aus Jerusalem zurück – mit mehreren Jahren Verspätung, da er dort in Gefangenschaft geraten war. Die Freude auf Rabenfels war groß, denn man hatte ihn längst tot geglaubt."

Adele runzelte die Stirn. „Pater, stand irgendwo in der Chronik, dass mein Ururgroßvater von dort einen Schatz mitgebracht hat?"

„Einen Schatz?", lachte der Geistliche. „Nicht, dass

ich wüsste. Aber er hat die Burg umgebaut und erweitert. Erst gab es ja nur den Burgfried und die Befestigungsmauer. Er hat den Palas errichtet, und die Kapelle stammt auch aus dieser Zeit. Genau, jetzt erinnere ich mich. Auf den fehlenden Seiten war ein detaillierter Plan der umgebauten Burg abgebildet." Der Pater dachte nach. „Und es gab da auch eine Abbildung des neuen Glasfensters der Kapelle. Ritter Bodo war besonders stolz darauf, denn Rabenfels war eine der ersten Burgen der Gegend, die ihre Kapelle mit einem Glasfenster ausstattete." Dann hielt er kurz inne. „Ich glaube, es ist jetzt an der Zeit, dass ihr wieder aufbrecht. Ich selbst gehe wohl besser zum Abt, um ihm von der fehlenden Seite zu berichten." Er klappte die Chronik zu und hob das schwere Buch behutsam mit beiden Händen.

„Natürlich habe ich von dem Schatz gehört." Die Augen des Großvaters leuchteten.

Adele jubelte innerlich. Zum Glück hatte sie nach ihrer Rückkehr den Großvater gleich bei den Ställen gefunden. Er konnte ihr bestimmt weiterhelfen.

„Und?" Sie konnte es kaum erwarten, mehr zu hören.

„Mein Großvater, Ritter Bodo, verstarb ein Jahr

vor meiner Geburt“, begann der Großvater geheimnisvoll. „Ich habe die Geschichte also nie persönlich von ihm gehört, doch Almut, die alte Zofe meiner Mutter, hat sie mir erzählt. Bodo soll aus dem Heiligen Land unermessliche Schätze und Reichtümer mitgebracht haben. Da Rabenfels damals oft von Raubrittern angegriffen wurde, hat er den Schatz an einem geheimen Ort versteckt. Doch bevor er irgendjemandem erzählen konnte, wo er den Schatz versteckt hatte, starb Bodo. Allerdings ging ein Gerücht herum, dass es in der Burgkapelle einen unterirdischen Gang gäbe, der tief in den Burgberg führt. Manche sagen, dass dort ein Feuer speiender Drache den Schatz bewacht.“

Der Großvater legte eine Hand auf Adeles Schulter. „Aber eines kannst du mir glauben. Gäbe es einen Schatz, hätte ich ihn längst gehoben.“

In diesem Moment erklang vom Wachturm her ein Trompetensignal.

„Wer das wohl ist?“ Adele spähte neugierig aus einem der Fenster. Unten im Burghof war das übliche Treiben, doch plötzlich strömten alle, wie durch magische Kräfte gezogen, zum Tor. Die Fanfare erklang abermals.

„Der Kaiser!“

Adele stürzte, immer zwei Stufen auf einmal nehmend, die Treppe hinab und rannte im Eiltempo auf den Burghof hinaus. Frieda, die mit dem gesamten Küchenpersonal aus dem Küchenanbau getreten war, schlüpfte zu Adele.

Plötzlich durchzog ein Raunen den Burghof. Ein älterer Mann in seidenem Gewand, hoch zu Ross, ritt durch den Torbogen: der Kaiser! Alle – Burgbewohner, Gesinde und Gäste – sanken nieder. Der Kaiser hob dankend die Hand und gab mit einem Zeichen zu verstehen, dass sich seine Untertanen wieder erheben sollten.

„Der trägt ja nicht einmal eine Krone“, bemerkte Frieda leise. „Und wo ist eigentlich sein Hofstaat?“ Ein weiterer Reiter zog durchs Tor, gefolgt von einem Packpferd und einer fröhlichen Jungenschar aus dem Dorf.

„Vielleicht warten die draußen auf dem Turnierplatz?“, schlug Adele vor.

Ritter Oswald trat auf den Kaiser zu und verbeugte sich tief.

„Herzlich willkommen auf unserer bescheidenen Burg, Eure hochwohlgeborene Majestät“, begrüßte er den Mann. „Wir hoffen, dass Ihr Euch hier wohl fühlen werdet.“

„Das werde ich mit Gewissheit“, antwortete der Kaiser lächelnd und ließ sich von seinem Knappen vom Pferd helfen. Ritter Oswald geleitete den ehrwürdigen Gast die Steinstufen zum Palas hinauf.

Hannes und Ulrich gesellten sich zu den Mädchen.

„Na, was haltet ihr von unserer hochwohlgeborenen Majestät?", grinste Ulrich.

„Ich weiß nicht so recht. Er schaut wie ein ganz normaler Mann aus. Ich habe mir alles etwas prunkvoller vorgestellt." Frieda war enttäuscht.

„Wisst ihr, wo er seinen Hofstaat gelassen hat?", fragte Adele.

Ulrich blickte sie erstaunt an. „Den haben wir nie hier erwartet", erklärte er. „Der ist nach Würzburg vorausgeritten. War von Anfang an so geplant. Nur der Kaiser und sein Knappe waren angekündigt."

„Und was ist mit seiner Krone und den Reichsinsignien?", wollte Frieda wissen.

„Glaubst du ernsthaft, der Kaiser zieht mit seiner goldenen Krone auf dem Kopf und dem Reichsapfel in der Hand durchs Land?" Ulrich schaute das Küchenmädchen staunend an. „Das würde doch Räuber nur so anlocken. Nein, seine Reichsinsignien werden auf Burg Trifels sicher aufbewahrt."

„Na, wenigstens hat er einen roten Bart", meinte Adele.

„Ja", Hannes lachte. „Nicht umsonst heißt er Barbarossa."

„Wie bitte?", fragte Adele nach.

„Barbarossa. So nennen ihn die Italiener. Das bedeutet auf Italienisch Rotbart. So, und jetzt muss ich zurück zu meiner Arbeit."

„Ich auch", sagte Frieda und wollte schon Richtung Küche laufen.

„Moment mal", rief Adele die beiden zurück. „Nicht, bevor ich euch Großvaters Geschichte erzählt habe", und sie erzählte die Legende vom Schatz im Burgberg, zu dem von der Kapelle aus ein unterirdischer Gang führen sollte.

„Aber ich habe die Kapelle heute Früh ganz genau durchsucht", gab Hannes zu bedenken. „Da war absolut nichts Verdächtiges zu finden."

„Hannes!", kam da eine Stimme von der Schmiede her. „Auch wenn der Kaiser hier unter uns weilt, bedeutet das noch lange nicht, dass du dich auf die faule Haut legen kannst!"

„Ich komme ja schon", antwortete Hannes und rannte zur Schmiede.

„Ich muss auch zurück zur Küche. Jetzt, wo der Kaiser zwei Tage früher angekommen ist, wird die Köchin endgültig durchdrehen." Auch Frieda lief los.

„Tja", stöhnte Ulrich. „Da wird mir wohl nichts anderes übrig bleiben, als Ritter Oswalds Rüstung weiter auf Hochglanz zu polieren."

„Und der Schatz?“, protestierte Adele. „Oder der Mörder, der frei auf Burg Rabenfels herumläuft und der jeden Augenblick zuschlagen kann?“

„Nun komm schon“, beruhigte sie ihr Cousin. „Zerbrich dir nicht weiter den Kopf. Wir können im Moment sowieso nichts unternehmen.“ Ohne Eile schlenderte er zum Stall.

„Ein Schatz im Burgberg?“, lachte der Schmied, als ihn Hannes wenig später während der Arbeit ausfragte. „Lass dir nur keinen Bären aufbinden.“ Er tauchte ein fertiges Hufeisen in einen Bottich mit Wasser, dass es nur so zischte.

„Heb das Hinterbein der Stute hoch“, befahl er seinem Lehrjungen. „Mal sehen, ob es passt.“ Er hielt das Eisen an den Huf. „Wie angegossen!“

„Und der unterirdische Gang“, bohrte Hannes weiter. „Gibt es den vielleicht?“

„Du meinst den geheimen Versorgungsgang?“, murmelte der Schmied, während er nach Hammer und Nägeln griff. „Ja, den gibt es.“

Hannes Herz schlug bis zum Hals. „Weißt du, wo?“, fragte er aufgeregt und ließ dabei beinahe das Bein des Pferdes los.

„Pass auf, sonst rutsche ich noch mit dem Hammer aus“, mahnte ihn der Schmied und begann, das neue Eisen auf den Huf zu nageln. „Der Gang ...“, fuhr er fort. „Ehrenwort, dass du niemandem ein Wort darüber erzählst.“

„Ehrenwort“, versprach Hannes aufgeregt.

„Feinde dürfen nichts davon erfahren, für den Fall, dass Rabenfels belagert wird“, sagte er erklärend. „In Notfällen, wenn die Burg belagert wird, kann man durch den Gang die Burgbewohner versorgen. Wenn es gar nicht mehr anders geht, kann man den Belagerern auch durch den Gang entrinnen.“

„Und wo ist der?“ Hannes schaffte kaum noch, das Bein des Gaules ruhig festzuhalten.

„Hinterm Altar in der Kapelle ist eine bewegliche Steinplatte.“ Der Schmied musterte das Hufeisen und den Pferdehuf. „Passt“, stellte er zufrieden fest und tätschelte die Stute am Hals. „Braves Mädchen.“

Und zu Hannes gewandt, fuhr er fort: „Du kannst sie in den Stall führen und striegeln.“ Hannes wollte schon losziehen. „Aber dass du mir ja nicht auf den Gedanken kommst, nach dem Gang zu suchen. Man kann sich darin leicht verirren und findet niemals wieder heraus. Außerdem, wer weiß, vielleicht haust dort ja wirklich ein Feuer speiender Drache.“ Lachend legte er mehr Holz aufs Feuer.

Der Lehrjunge packte das Pferd am Zügel und zog es eilig zum Stall, wo er auf Ulrich stieß, der gerade Ritter Oswalds Rüstung fertig geputzt hatte.

„Was?“ Der Pagenjunge glaubte Hannes kein Wort. „Aber du hast doch selbst gesagt, dass du in der Kapelle nichts finden konntest.“

„Stimmt, aber ich habe den Boden nicht nach beweglichen Steinplatten abgesucht. Komm, lass uns hingehen und nochmals nachschauen.“

Ulrich blickte sich vorsichtig im Stall um. Bis auf die Pferde war niemand zu sehen. „Na, dann los. Vielleicht stimmt die Geschichte ja doch“, und sie rasten über den Burghof zur Kapelle.

„Und wo soll die bewegliche Steinplatte sein?“, fragte Ulrich, als sie den Raum betraten.

„Hinterm Altar“, rief Hannes und rannte darauf zu. Er schrie laut auf: „So ein Mist, wir sind zu spät!“

„Was?“ Ulrich blickte Hannes über die Schulter. Ein dunkles Loch starrte ihm entgegen. Die bewegliche Steinplatte lag seitlich daneben. „Ich kann es nicht glauben, die waren vor uns hier!“

„Warte mal – man kann sie sogar noch hören."

Tatsächlich, aus der Tiefe drang das Echo dumpfer Stimmen empor. Ulrich begann, den Eingang zu untersuchen. „Wir müssen schnell hinterher", meinte er.

Hannes schüttelte seinen Kopf. „Nein, auf keinen Fall. Der Schmied hat mich ausdrücklich davor gewarnt. Wir könnten uns verirren und nie wieder herausfinden." Er überlegte. „Wenn wir nur wüssten, wo der Gang hinführt."

„Moment mal." Ulrich hatte eine Zeichnung am Eingang des Ganges entdeckt. „Das sieht wie ein Plan des Ganges und der Gegend aus."

Hannes nickte aufgeregt. „Ja, hier sind der Fluss und das Dorf und der Turnierplatz." Er überlegte einen Augenblick. „Ich weiß, wo der Gang herauskommt", verkündete er schließlich. „Komm, wir gehen zu der Stelle und fangen dort die Schatzsucher mit ihrer Beute ab."

„Genau das wollte ich eben auch vorschlagen", grinste Ulrich. „Vorher sollten wir allerdings den Eingang hier versperren, damit der Bande der Rückweg verschlossen bleibt."

„Gute Idee." Und mit vereinten Kräften schoben sie die Platte zurück auf die Öffnung.

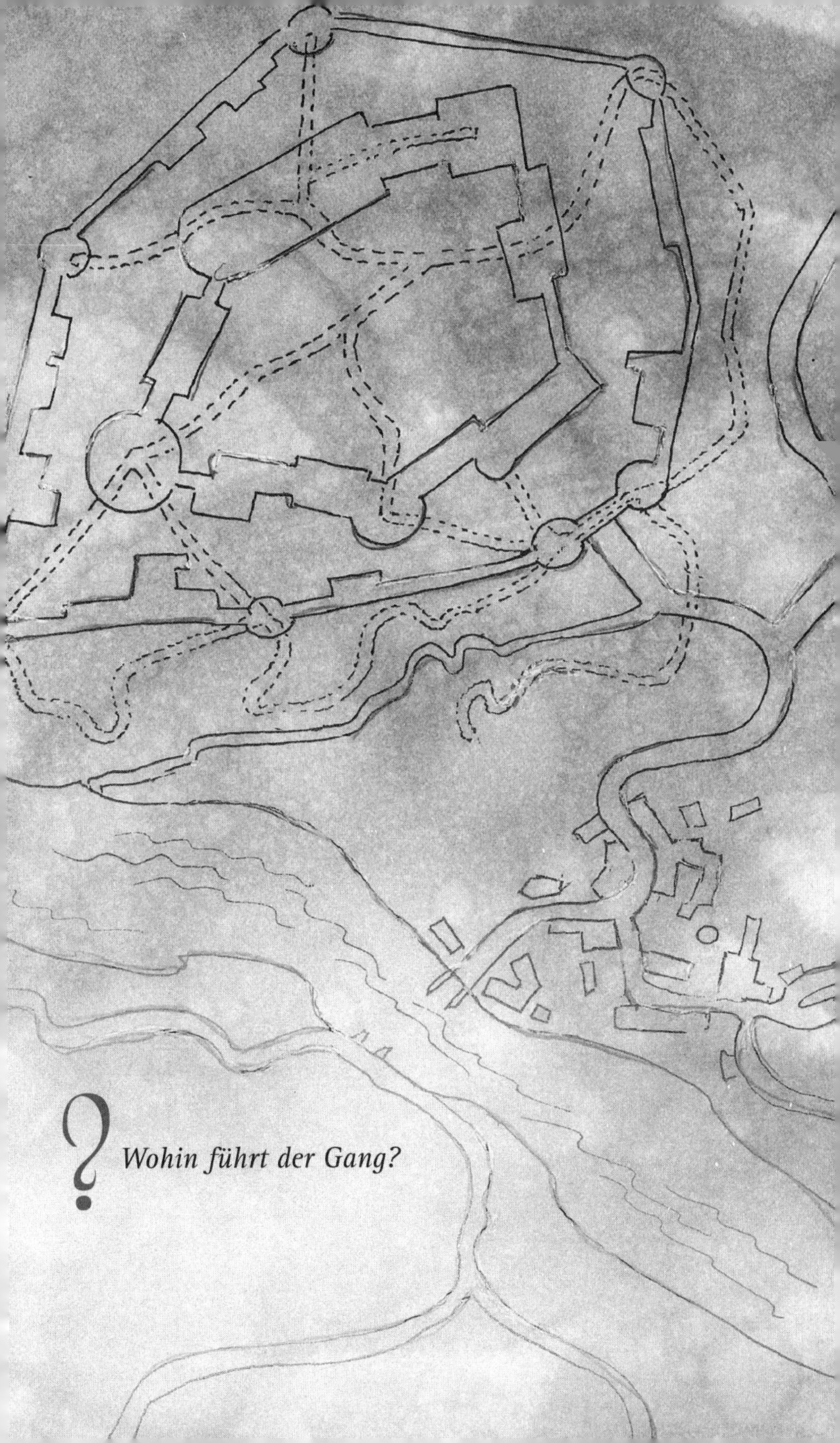

? *Wohin führt der Gang?*

Adele macht eine Entdeckung

Hannes und Ulrich liefen, so schnell sie konnten, zum Turnierplatz, der neben dem Steilhang der Burg lag. Der Platz war bereits für das morgige Turnier geebnet worden. Man hatte ihn mit Sand und Stroh bestreut, damit die Getroffenen auch weich fielen und sich nicht verletzten. An der Längsseite des Platzes, genau dem Hang gegenüber, waren Zimmerleute gerade dabei, eine Tribüne zu errichten. Man konnte ihr Hämmern und Klopfen schon von weitem hören.

„Dort oben", Hannes zeigte auf den Hang, „kommt hinter den Ginsterbüschen der Gang heraus."

„Ist das nicht komisch", keuchte Ulrich, „dass wir den Ausgang nicht schon eher bemerkt haben?"

„Stimmt – aber wer vermutet schon einen Geheimgang hinter gewöhnlichen Büschen? Komm, wir müssen uns verstecken, bevor die Bande mit ihrer Beute auftaucht." Die beiden Jungen duckten sich hinter einem Felsen in der Nähe des Ausgangs.

„Ich hatte keine Ahnung, wie viele Gäste zu dem Turnier nach Rabenfels gekommen sind", stellte

Hannes staunend fest. „Schau dir mal all die Zelte an, die man hier für sie aufgestellt hat!"

Ulrich nickte. „Ja, als ich gestern mit Ritter Oswald hierher zum Üben kam, waren erst halb so viele Leute da. Weißt du eigentlich, dass auch der Kaiser zum Gefecht antreten will?"

„Tatsächlich? Na, das darf man sich wirklich nicht entgehen lassen. Gegen wen ..." Hannes brach seinen Satz aufgeregt ab. „Da oben tut sich was!"

Ein Mann mit langen Haaren und einem Bart kam hinter den Büschen hervor. „Verdammt noch mal!", fluchte er. „Jemand ist uns zuvorgekommen."

Hinter ihm tauchte eine Frau auf. „Ich frage mich nur, wer?"

„Also ich tippe auf Neidhardt", stellte eine dunkle Gestalt fest, die hinter der Frau aus dem Gang kam. Der sitzt jetzt dort oben und lacht sich ins Fäustchen."

„Nein", der Mann mit den langen Haaren schüttelte den Kopf, „der liegt immer noch flach."

„Und was jetzt?"

„Keine Ahnung. Lass uns erst mal hoch in die Burg gehen und uns was zum Essen besorgen. Ich bin am Verhungern. Und dann müssen wir Fritz informieren." Die kleine Gruppe zog den Weg zur Burg hoch.

Sobald die Bande verschwunden war, stand Ulrich auf und streckte die Glieder. „Sieht so aus, als gäbe es doch keinen Schatz.“

Hannes nickte nachdenklich. „Ja, vielleicht sollten wir uns darauf konzentrieren, den Mann zu stellen, der den Kaiser ermorden will.“

„Genau!“, stimmte Ulrich ihm zu, „und ich weiß auch schon, wie.“

Erstaunt blickte Hannes den Freund an. „Und?“

„Ganz einfach. Wir stellen der Bande eine Falle und lassen sie unerwartet zuschnappen.“

„Und wie willst du das anstellen?“

„Wir locken sie ins Burgverlies. Dort sind sie sicher aufgehoben, bis der Kaiser Rabenfels verlässt.“

„Hervorragende Idee!“ Hannes war begeistert. Doch dann zögerte er. „Und wie sollen wir die Verbrecher ins Verlies locken?“

„Keine Ahnung“, gab Ulrich kleinlaut zu. „Vielleicht haben die Mädchen ja eine Idee? Treffpunkt Schweinestall!“

„Es gibt nur ein Problem“, erklärte Ulrich Adele und Frieda nach dem Abendessen an ihrem Treffpunkt hinterm Schweinestall. „Wir wissen noch nicht, wie wir die Bande in die Falle locken können.“

„Na, das ist doch einfach!“ Adele grinste. „Wir schlagen sie mit ihren eigenen Waffen.“

„Was?“ Ulrich sah seine Kusine fragend an.

„Wir müssen nur ein Lied dichten, in dem jedes siebte Wort eine Bedeutung hat. Lasst mich mal überlegen.“ Adele dachte stirnrunzelnd nach. „Genau, ich habe es. Wir brauchen die Worte geschwind – treffen – Verlies – Schatz – Rabenfels – gefunden und bauen sie in ein Lied ein.“

„Und wer soll es singen? Doch nicht etwa Hannes oder Ulrich“, kicherte Frieda.

„Wer eignet sich da besser als Wolfram, der Verehrer meiner Schwester. Der lässt sich bestimmt dazu überreden. Vor allem wenn ich ihm sage, dass, falls er es nicht tut, ich Vater davon berichte, dass er Engeltrud heimlich im Garten trifft und küsst.“

„Das ist Erpressung“, stellte Hannes fest.

„Gut möglich – doch um den Kaiser zu retten, darf man sicher auch ein bisschen erpressen, oder?“

„Na, worauf warten wir noch?“, rief Ulrich.

Später am Abend, als die Burgbewohner und ihre Gäste sich in ihren Betten und Strohlagern für die Nacht ausstrecken, ertönte unten im Burghof der Klang einer Laute, die von einer wohlklingenden Stimme begleitet wurde.

„Liebchen, zu dir gehen will ich geschwind,
Doch wie nur könnte ich dich treffen?
Bin in fernem Lande gefangen im Verlies.
Kann nicht zu dir, mein liebster Schatz.
So weit, so weit von Burg Rabenfels,
Wo ich unglücklicher Ritter habe Liebe gefunden.“

Zur gleichen Zeit trafen sich die vier Detektive im Untergeschoss des Bergfrieds. Von dort führte eine Falltür ins Verlies.

„Psst“, flüsterte Adele. „Seid doch leise, sonst hört euch der Turmwächter.“

„Ja“, stimmte ihr Frieda zu. „Lasst uns die Falltür öffnen. Wenn alles nach Plan geht, müsste die Bande jeden Augenblick auftauchen.“

Mit vereinten Kräften zogen sie an dem Eisenring der Falltür. Ein modriger Geruch schlug den Detektiven entgegen.

„Hört ihr das?“ Adele lauschte. Unten aus der Tiefe konnte man Rascheln und leises Piepsen vernehmen. „Sind das Ratten?“

„Klingt fast so“, grinste Ulrich. „Oder der Geist eines vergessenen Gefangenen, der dort unten verhungert ist.“

„Unsinn. Kommt, wir verstecken uns besser und blasen das Licht aus.“

Dicht an die kühle Mauer gedrängt, warteten sie auf die Verbrecher.

„Die scheinen unseren Köder wohl doch nicht geschluckt zu haben“, meinte Hannes nach einer Weile und rieb sich enttäuscht die kalten Hände.

„Psst, seid still“, flüsterte Frieda.

Tatsächlich, man konnte gedämpfte Stimmen und das Knarzen von Holz hören, als jemand die Stufen zum Bergfried hochstieg. Kurz darauf strich das flackernde Licht einer Laterne suchend durch den Raum.

Die Detektive rückten noch enger zusammen.

„Hier ist der Eingang", wisperte eine Männerstimme. Es war der Mann mit den langen Haaren, der sich übers Angstloch beugte und mit seiner Laterne das Verlies ausleuchtete. „Kann nichts sehen. Kommt, wir prüfen, ob der Schatz da unten ist", und er begann, die Strickleiter hinabzuklettern. Die anderen folgten ihm. Als der Letzte der Bande im Loch verschwunden war, knotete Ulrich die Leiter los, die in die Tiefe plumpste. Zusammen mit Hannes hob er die Falltür und ließ sie donnernd zufallen.

„Geschafft", atmete er erleichtert auf. „Die kommen da nicht wieder heraus."

Die Burg erwachte am nächsten Morgen bei strahlendem Sonnenschein. Überall herrschte reges Treiben. Niemand, nicht einmal der Turmwächter oder seine Kollegen, hörten die dumpfen Schreie, die aus dem Verlies im Bergfried drangen. Burgbewohner und Gäste hatten nur das Turnier im Sinn.

Edelfrau Ludmilla lief aufgeregt zwischen dem großen Saal und dem Küchenanbau hin und her, um letzte Vorbereitungen für das Festmahl zu treffen.

„Blumen", murmelte sie vor sich hin. „Hier fehlen Blumen. Adele!"

„Ja, Mutter?“ Adele gähnte.

„Könntest du bitte in den Garten gehen und Blumen pflücken? Ich weiß, es gibt noch nicht viele, schau einfach, was du finden kannst. Der Platz des Kaisers braucht unbedingt noch etwas Schmuck. Meinst du nicht auch?“

Adele nickte und gähnte abermals.

„Ach ja, und während du dabei bist, bringe auch ein paar Blümchen in die Kapelle.“

Als Adele kurz darauf mit einem Blumenstrauß und einem Tonkrug in den Händen in der Burgkapelle stand, schweifte ihr Blick über die schlichten Fresken an den Wänden. Ob es hier wohl einen Hinweis auf den Schatz gab?

„Nur Heiligenfiguren“, murmelte sie enttäuscht vor sich hin, als sie die Wandbilder genauer betrachtete. Da war der heilige Georg, der Patron der Ritter und Pferde. Auf der anderen Seite der heilige Christophorus mit dem Jesuskind auf der Schulter. Adeles Blick fiel auf das bunte Glasfenster. Sie hatte es sich schon oft während langweiliger Andachten angesehen. Um das Rabenfelser Wappen – ein Rabe, der auf einem Felsen saß – rankten sich bunte Blumengirlanden. Der Rand war mit kleinen Wappen verziert.

„Ich glaube, ich spinne!“, rief sie plötzlich, und ihre Stimme hallte gespenstisch in der leeren Kapelle wider. Mit einem lauten Krachen landete der Krug auf dem Boden. Scherben und Blumen lagen über die Steinplatten verstreut.

Aufgeregt kramte Adele in ihrem Beutel, den sie immer am Gürtel trug. „Wo ist es denn?“ Endlich, ganz zuunterst, fand sie das zerknitterte Stück Pergamentpapier, das Ulrich im Sand neben dem verletzten Mönch gefunden hatte. Vorsichtig faltete sie den Zettel auseinander.

„Wenn das erste Wappen auf dem Zettel ein A sein soll und das letzte ein Z, dann ist das zweite doch sicherlich ein B und das nächste wohl ein C“, überlegte sie laut und begann fieberhaft, die Wappen auf dem Papier mit den Wappen auf dem Glasfenster zu vergleichen. „Dass mir das nicht eher aufgefallen ist“, murmelte sie. Es dauerte nicht lange, und sie hatte den Text entschlüsselt.

? *Wie lautet die Nachricht?*

Turnier mit Hindernissen

„Ich habe dich überall gesucht!“ Adele blickte Ulrich vorwurfsvoll an, als sie ihn endlich am Turnierplatz fand. „Frieda hat keine Zeit. In der Küche herrscht Chaos. Und bei Hannes in der Schmiede geht es auch zu wie verrückt. Ulrich, ich muss unbedingt mit dir sprechen.“

„Keine Zeit“, erwiderte der Pagenjunge kurz. „Ich muss Ritter Oswald helfen, seinen Kettenpanzer anzulegen.“

„Ulrich, es ist wichtig!“

„Tut mir Leid.“ Der Junge eilte auf die runden Rüstungszelte zu, die für die Ritter am Rande des Turnierplatzes als Umkleidekabinen aufgestellt worden waren. Bevor Adele noch etwas erwidern konnte, verschwand er im Zelt der Heerbergs, über dem ein Fähnchen in den Rabenfelser Farben leicht im Wind flatterte. Adele rannte hinterher. Vor dem Eingang hielt sie inne und betrachtete das Familienwappen, das am Zeltdach befestigt war.

„Schon wieder der Rabe“, murmelte sie und zuckte ratlos mit den Schultern. „Das Auge des Raben wacht für immer und ewig über den Schatz." Vielleicht wusste ja der Vater, was dieser Satz zu bedeuten hatte. Vorsichtig zog sie die Plane, die den Eingang verhängte, beiseite und spähte ins Zelt. Ihr Vater stand dort im Unterkleid, und Ulrich half ihm gerade, in ein gepolstertes Wams zu schlüpfen.

„Der Kettenpanzer", befahl Ritter Oswald, und der Junge begann, ihm das schwere, schlüpfrige Panzerhemd, das aus unzähligen kleinen Eisenringen bestand, über den Kopf zu ziehen.

„Ich glaube, der Kettenpanzer ist geschrumpft“, brummte Ritter Oswald. Ulrich zerrte und zog an dem Hemd, bis es schließlich straff über dem Bierbauch des Ritters saß. Danach reichte er ihm die Haube aus eisernen Maschen, die auf den Kopf kam, warf ihm den Waffenrock, der mit dem Rabenfelser Wappen bestickt war, über und stülpte ihm den eisernen Topfhelm mit dem Federbusch auf.

„Nur noch die Sporen fehlen“, stellte Ritter Oswald fest, der seine Tochter immer noch nicht bemerkt hatte. Ulrich befestigte die eisernen Bügel an den Stiefelabsätzen.

„Und? Was meinst du, Ulrich?“ Oswald spazierte stolz wie ein Pfau im Zelt auf und ab. Erst dann sah er Adele, die immer noch neugierig zwischen den Planen des Zelteinganges hindurchblickte.

„Was machst du denn hier? Das Turnier wird bald beginnen.“

„Vater, der Rabe ...“, wollte Adele wissen. Doch der Vater unterbrach sie.

„Du bist hier nur im Weg.“

„Aber ...“

„Keine Diskussionen, liebe Tochter. Dazu habe ich nun wirklich keine Zeit“, befahl er und betrachtete Adele streng durch die schmalen Augenschlitze seines Helmes. „Wo ist mein Schild, Ulrich?“ Und Adele entschloss sich, mit ihrer brennenden Frage doch bis nach dem Turnier zu warten. Leise glitt sie aus dem Zelt und schlenderte Richtung Tribüne.

Wenig später saß sie neben ihrer Schwester Engeltrud auf der Tribüne. Trompeten erschallten. Das Gemurmel der Zuschauer verstummte. Am Schmalende der Rennbahn waren die Ritter versammelt, die dort auf ihren tänzelnden Rössern warteten. Dann schritt ein Herold mit einer Urkunde in der Hand auf den Platz und begann, mit lauter Stimme Namen vorzulesen.

„Der ehrenwerte Ritter Oswald von Heerberg, der ehrenwerte Ritter Lothar von Frundsberg, der ehrenwerte Ritter Kunibert von Tiefenthal ...“, kündigte er die Ritter an, die an dem Tjost teilnehmen wollten. Sie boten einen prächtigen Anblick, als sie in ihren glänzenden Rüstungen auf den festlich geschmückten Kampfrössern an der Zuschauertribüne vorüberzogen. Die bunten Wappen auf den Schilden, die bestickten Waffenröcke und Schabracken funkelten in der Sonne.

„Wie gut“, meinte Adele zu Engeltrud, „dass die Ritter ihre Familienwappen mit sich herumtragen. Wenn sie nur ihre Kettenpanzer und Helme anhätten, da wüssten wir überhaupt nicht, wer gegen wen kämpft.“

„Sei doch endlich still, und hör zu, wen der Ausrufer ankündigt“, rügte sie ihre Schwester.

Die Zahl der Ritter, die vorüberzogen, schien unendlich. Wenn die Männer doch endlich mit dem Kampf beginnen würden!

„... der ehrenwerte Ritter Egbert von der Henneburg und unser besonderer Ehrengast, Seine Majestät Kaiser Friedrich“, stellte der Herold schließlich die letzten beiden Ritter vor. Ringsherum erschallten Hochrufe und Freudenschreie. Und der Herold fuhr fort: „Bevor der Kampf beginnt, noch die Regeln des Tjosts. Die ehrenwerten Ritter treten jeweils im Zweikampf gegeneinander an und versuchen, sich mit stumpfen Lanzen von den Rössern zu stoßen. Sieger ist derjenige, dem es zuerst gelingt, seinen Gegner aus dem Sattel zu heben ...“

„Jeder kennt die Regeln“, stöhnte Adele. „Ich weiß nicht, wieso sie bei jedem Turnier immer wieder vorgetragen werden.“

Engeltrud tat so, als hätte sie nichts gehört.

Endlich, es war so weit! Trompeten schmetterten, Posaunen und Hörner ertönten, und die ersten zwei Ritter stellten sich gegenüber, jeweils am Ende des Rennplatzes, in Position. Beide hielten ihre Lanzen und ihre Schilde fest in der Hand. Die Pferde tänzelten, jeden Augenblick bereit loszugaloppieren.

„Das sind Vater und Ritter Lothar!“, rief Adele begeistert. „Vater muss gewinnen!“

Unten am Rand des Platzes konnte sie jetzt auch Ulrich sehen, der dort statt des Knappen wartete.

Da blies der Trompeter die Fanfare, das Startzeichen, und die beiden Ritter gaben ihren Pferden die Sporen. In rasendem Tempo sprengten sie aufeinander zu. Adele hielt die Luft an. Mit einem lauten Krachen galoppierten die Reiter aneinander vorbei. Rit-

ter Oswalds Lanze war in unzählige Splitter zerborsten, doch er saß im Sattel. Adele atmete erleichtert auf. Ulrich lief bereits heran, um seinem Onkel eine neue Lanze zu reichen. Und schon galoppierten die Turniergegner abermals aufeinander zu. Wieder krachten die Lanzen. Adele starrte wie gebannt auf die Ritter. Alles ging so schnell, dass man kaum erkennen konnte, was genau geschah.

„Ritter Oswald, Ritter Oswald!“, feuerte Adele ihren Vater an. Plötzlich brach tosender Beifall aus. Es war Ritter Oswald gelungen, seinen Gegner mit einem heftigen Stoß aus dem Sattel zu heben. Ritter Lothar von Frundsberg lag mitsamt seinem Ross im Sand der Rennbahn. Sein Knappe eilte herbei, half

ihm aufzustehen und zerrte den hinkenden Mann zum Rand des Spielfelds.

Adele jubelte. Das Kampffieber hatte sie gepackt, und das Glasfenster der Kapelle war, zumindest für den Augenblick, vergessen.

Das nächste Ritterpaar trat an. Wieder gab man den Pferden die Sporen, Reiter sprengten aufeinander zu, Staubwolken wirbelten auf, Lanzen zersplitterten, Schilde krachten und Reiter stürzten zu Boden. Für Edelfrau Ludmilla und die alte Grete, die sich um die Verletzten kümmerten, gab es viel zu tun. Denn obwohl die Waffen stumpf waren und nicht töten konnten, gab es trotzdem genug Möglichkeiten, sich beim Sturz vom Pferd zu verletzen.

„Ritter Oswald hat hervorragend gekämpft“, meinte Hannes zu Ulrich, während er einen Hafersack um das Maul des Pferdes band. „Und du hast dich tapfer gehalten“, lobte er das Tier und tätschelte ihm den Nacken. „Ich muss gleich wieder los, um Hafer für die anderen Pferde zu besorgen. Weißt du, wann der Kaiser an der Reihe ist?“

„Vermutlich bald.“

„Dann spute ich mich wohl besser, denn das will ich auf keinen Fall versäumen.“ Und schon rannte er davon.

„Hannes“, rief Ulrich ihm nach, als Trompetenfanfaren den nächsten Tjost ankündigten. „Warte! Er ist jetzt schon dran.“ Doch Hannes war bereits außer Hörweite.

Die Zuschauer jubelten, als der Kaiser auf seinem prächtigen Kampfross an der Tribüne vorüberzog. Er grüßte nickend und stellte sich in Startposition. Ritter von der Henneburg platzierte sich ihm gegenüber. Ein Trommelwirbel erklang. Danach war es mucksmäuschenstill. Ulrich blickte sich um. Ob Hannes rechtzeitig zurückkommen würde? Er ließ seinen Blick über den Rennplatz, die Tribüne und die Rüstungszelte schweifen. Sosehr er sich auch anstrengte, er konnte den Freund nirgendwo entdecken.

„Was ist denn das?“, stammelte er plötzlich. „Das darf doch nicht wahr sein!“ Der Kaiser durfte auf keinen Fall kämpfen. „Halt!“, rief er laut in die Stille hinein.

? *Was ist Ulrich aufgefallen?*

Das Glasfenster

„Halt!“, schrie Ulrich abermals, sprang mit einem Satz über die Eingrenzung des Turnierplatzes und stellte sich mit ausgestreckten Armen vor den Ritter von der Henneburg, der gerade zum Start ansetzte. Das braune Kampfross bäumte sich wiehernd auf.

Ein Raunen ging durch die Zuschauermenge. Einige Edeldamen schrien schrill auf.

„Ulrich!“, ertönte da Ritter Oswalds strenge Stimme. „Bist du von Sinnen? Verschwinde sofort von der Rennstrecke!“

Doch Ulrich wich keinen Schritt. „Der Ritter Egbert von der Henneburg will den Kaiser ermorden!“, rief er. „Der Mann hat eine scharfe Waffe. Nach den Regeln dieses Turniers sind nur stumpfe Waffen zugelassen.“

Ritter Oswald blickte auf die Lanze und reagierte blitzschnell. Er gab den Wachmännern, die am Rande des Platzes auf ihren Pferden das Geschehen beobachteten, ein Zeichen. Sie galoppierten sofort auf Ritter Egbert zu. Doch der Ritter gab in diesem Moment seinem Pferd die Sporen und setzte zum

Sprung an. Mit einem riesigen Satz sprang das Pferd über Ulrich hinweg. Ritter Egbert raste auf den Kaiser zu, der starr auf seinem Pferd saß. Im letzten Augenblick, als Egbert seine Lanze auf den Kaiser ansetzte, erreichten ihn die Wachmänner. Sie rissen ihn aus dem Sattel und überwältigten ihn. Inzwischen hatte den Kaiser Panik ergriffen. Er galoppierte auf die Dorfstraße zu.

Adele, die vor Anspannung von ihrem Sitz aufgesprungen war, blickte ihm verwundert nach. Aus den Augenwinkeln nahm sie eine Gestalt wahr, die sich aus der Menge der aufgebrachten Ritter löste und dem Kaiser nachsetzte.

„Der schwarze Ritter!“, schrie sie aufgebracht. „Er hat es auf den Kaiser abgesehen!“ Doch niemand hörte sie. Alle starrten wie gebannt auf Egbert von der Henneburg. Der Großvater kam mit riesigen Schritten auf den Ritter zugelaufen.

„Egbert!“, rief er empört. „Wie kannst du mich so enttäuschen? Ich dachte, wir sind alte Freunde! Welche Schande!“ Er riss dem Ritter den Helm vom Kopf. Vor Schreck starrte er den Mann mit offenem Mund an. Vor ihm, in der Rüstung des Ritters von der Henneburg, stand der Mönch, der eigentlich oben in der Burg im Bett liegen sollte.

In diesem Augenblick kam Hannes angelaufen. Keuchend stieß er hervor: „Der Herr Ritter Egbert von der Henneburg und sein Knappe liegen gefesselt in ihrem Rüstungszelt!“ Und zögernd fuhr er fort: „Der Ritter trägt nur sein Unterkleid. Er sagt, ein Mönch habe ihm seine Rüstung geklaut.“

„Na, das erklärt ja einiges“, brummte der Großvater, der sich inzwischen wieder gefangen hatte.

„Großvater!“, rief Adele aufgebracht. „Der Kaiser ...“

„Schon gut, mein Kind“, beruhigte sie der Großvater. „Du brauchst dir keine Sorgen zu machen. Ist alles unter Kontrolle. Wir werden den Mann ins Verlies werfen, da kann er keine Dummheiten mehr machen."

„Nein." Adele schüttelte heftig ihren Kopf. „Ich meine den schwarzen Ritter dort drüben." Alle Blicke folgten Adeles Zeigefinger.

Niemand außer ihr hatte bemerkt, wie der Ritter den Kaiser im Zweikampf von seinem Pferd gestoßen und ihn in Fesseln gelegte hatte. Nun trabte er mit ihm im Schlepptau zurück zum Platz.

Der Großvater und Ritter Oswald stürzten auf den schwarzen Ritter zu und wollten ihn gerade gewaltsam aus dem Sattel ziehen, als dieser beschwichtigend seine Hand hob.

„Nur ein kurzes Wort", bat er und zog seinen schwarzen Helm mit einem Ruck vom Kopf. „Mein Name ist Günther Wenzel. Ich bin Geheimagent unserer ehrenwerten Majestät Kaiser Friedrichs. Ich würde dem wahren Kaiser niemals ein Haar krümmen."

„Was soll dann dieses Theater?", fuhr ihn Ritter Oswald an.

„Der wahre Kaiser hält sich in diesem Augenblick in Würzburg auf. Er wird in den nächsten Tagen nach Regensburg weiterreisen. Von dort aus plant er, am 11. Mai nach Jerusalem zu ziehen."

„Der Kaiser in Würzburg?“ Der Großvater schaute den schwarzen Ritter irritiert an. „Wie kann er denn an zwei Plätzen gleichzeitig sein? Das geht doch nicht mit rechten Dingen zu.“

„Richtig“, erklärte Günther Wenzel. „Dieser Mann hier ist ein Hochstapler. Wir sind ihm und seiner Bande bereits seit einigen Monaten auf der Spur. Er zieht von Burg zu Burg, gibt sich als Kaiser aus und nützt die Gastfreundschaft der Burgbesitzer aus. Sein Name ist Friedrich von Grumbach, von seinen Freunden kurz Fritz genannt.“

„Der Wolf im Schafspelz“, murmelte Hannes leise. Ulrich nickte.

„Und der Mönch“, fragte Ritter Oswald, „was hat der mit der Sache zu tun?“

„Der Mönch ist gar kein Mönch. Er hört auf den bürgerlichen Namen Neidhardt Schütz. Auch er gehört zu der Bande. Drei weitere Mitglieder, zwei Männer und eine Frau, treiben sich ebenfalls hier auf Rabenfels herum.“

Der Großvater, der gebannt dem Bericht des schwarzen Ritters gelauscht hatte, räusperte sich. „Na, dann nichts wie los. Wir müssen die Verbrecher fangen, damit sie nicht noch mehr anrichten.“

„Genau das wollte ich eben auch vorschlagen“, meinte der kaiserliche Agent ernst. „Es gibt da nur ein Problem. Ich weiß nicht, wo sich die Bande versteckt hält.“

Ulrich kratzte sich verlegen am Kopf. „Mein ehrenwerter Ritter“, sagte er. „Ich will nicht vorlaut sein, doch die beiden Männer und die Frau, die Ihr sucht, sind im Burgverlies oben in der Burg Rabenfels.“

„Was?“ Alle blickten auf Ulrich.

„Stimmt!“, bestätigte Adele ihren Cousin. „Wir haben sie dort gestern Nacht gefangen.“

Ritter Oswald starrte seine Tochter und seinen Neffen fassungslos an. „Wer ist wir?“

„Ulrich, Hannes, Frieda und ich“, erwiderte Adele stolz.

„Da gibt es wohl einiges zu erklären“, brummte der Großvater mit strenger Stimme, während er gleichzeitig den Detektiven zuzwinkerte.

Am Spätnachmittag saßen die Gäste im großen Saal um die Tische herum und genossen die festlichen Speisen. Den Ehrenplatz am Tisch hatte Günther Wenzel eingenommen, der zwischen Pfauenbraten und gefülltem Schweinemagen aufmerksam dem Bericht der Detektive lauschte.

„Jetzt wird mir einiges klar“, murmelte er. „Neidhardt, unser Mönch, hatte wohl Streit mit Fritz, dem falschen Kaiser, und wollte ihm einen Strich durch die Rechnung machen.“

Ulrich nickte. „Genau, er wollte die Rabenfelser warnen, dass ein falscher Kaiser kommt – ein Wolf im Schafspelz.“

„Und als seine Freunde herausfanden, dass er zudem gedroht hatte, Fritz zu ermorden, setzten sie ihn außer Gefecht. Gnädige Frau, ein Kompliment an ihre Köchin. Dieser Mandelpudding ist himmlisch.“

„Und das Witzigste an der Sache ist“, lachte der Großvater, „dass die doch tatsächlich glaubten, es gäbe einen Schatz hier auf Rabenfels.“

Adele saß während des Mahls ungewöhnlich still neben ihrer Mutter. Während der vergangenen Stunden hatte sie die verschlüsselte Botschaft im Glasfenster vergessen, doch jetzt musste sie wieder daran denken. Ihre Gedanken drehten sich im Kreis. Die Köchin und Frieda hatten den Braten so arrangiert, dass er wie ein lebendiger Pfau aussah. Sie hatten die Schwanzfedern radförmig in den gebratenen Vogel gesteckt und statt Augen zwei glänzende Glasperlen in die Augenhöhlen gelegt. Adele starrte auf die Perlenaugen. Und plötzlich wusste sie, was der Satz bedeutete.

„Großvater", flüsterte sie dem alten Mann ins Ohr. „Ich muss dich sprechen!"

Der alte Ritter grinste seine Enkelin an. „Doch nicht noch mehr Verbrecher?"

Adele schüttelte den Kopf. „Nein. Könntest du bitte mit mir zur Kapelle gehen?" Sie blickte vorsichtig um sich und flüsterte: „Es ist geheim!"

Der Großvater trank einen Schluck Bier und stand ächzend auf. „Meine Knochen", stöhnte er. „Na, dann komm schon."

Als sie die Kapelle betraten, stand die Abendsonne bereits tief und warf ihre Strahlen durch das Glasfenster, sodass das Rabenfelser Wappen bunt auf dem Steinboden tanzte.

„Das Fenster ist schön, nicht wahr?“, fragte Adele ihren Großvater.

Der nickte. „Ja, einmalig für eine Burgkapelle. Mein Großvater soll sehr stolz darauf gewesen sein. Aber das ist doch nicht alles, was du mir hier berichten willst ...“

Adele schüttelte ihren Kopf. „Nein“, sagte sie lächelnd. „Sieh dir mal das Auge des Raben an. Findest du nicht, dass es so richtig funkelt?“

„Ja, das ist die Sonne.“

„Und die Blumenranken, die sich um die Wappen winden?“

Der alte Ritter Kuno sah seine Enkelin eingehend an. Er verstand nicht, was sie ihm sagen wollte.

„Großvater!“, rief Adele. „Der Schatz!“

„Was ist mit dem Schatz?“

„Das Auge des Raben wacht für immer und ewig über den Schatz. Das steht um das Fenster herum. Das Auge ist nicht aus Glas. Es ist ein grüner Smaragd! Und die Blumen, das sind kostbare Edelsteine. Großvater, wir haben den Schatz gefunden!“

Der Großvater schnappte nach Luft. „Ich muss mich setzen“, stieß er hervor und ließ sich auf die Bank nieder. Es dauerte nicht lange, bis er sich wieder gefasst hatte. Er packte seine Enkelin und tanzte mit ihr durch die Kapelle.

„Deine Mutter wird zwar nicht begeistert sein“, meinte er nachdenklich, „wenn sie erfährt, dass Oswald und ich zusammen mit dem richtigen Kaiser Friedrich ins Heilige Land ziehen werden.“ Er begann zu lachen. „Aber wenigstens können wir uns das jetzt leisten! Auch dem Raben wird es wohl nichts ausmachen, wenn wir sein Smaragdauge durch ein gläsernes ersetzen. Aber das bleibt erst mal unser Geheimnis."

Und ausgelassen tanzten die beiden zurück zum großen Saal, wo bis tief in die Nacht weiter gezecht und gefeiert wurde.

Lösungen

Der Mönch am Fluss

Der Text lautet: Schein trügt. Nicht alles ist, was es vorgibt. Ein Wolf im Schafspelz ist unter euch. Am Tage des Turniers wird er zuschlagen.

Unter Mordverdacht

Die Kräuter der Herzogin stimmen nicht mit den Giftpflanzen der alten Grete überein. Sie sind daher ungiftig.

Minnesänger auf der Burg

Im zweiten Kapitel spricht der Mönch im Delirium, dass nur jedes siebte Wort des Minnesängers zählt. Zählt man jedes siebte Wort des Liedes, erhält man folgende Botschaft: Mitternacht - treffen - morgen - Kreuzzug - Schatz - Turm - Fähnelein.

Das geheimnisvolle Turmzimmer

Vergleicht man den Ausblick aus dem Fenster mit dem Plan auf dem Fußboden, stellt man fest, dass die Schatzsucher die Kapelle auf dem Burghof markiert haben.

Nachforschungen im Kloster

Die Einträge zwischen den Jahren 1101 und 1114 fehlen. Dies bedeutet, dass ein Blatt aus der Chronik herausgerissen wurde.

Auf Schatzsuche

Der Gang kommt oberhalb des Dorfes, beim Turnierplatz, heraus.

Adele macht eine Entdeckung

Die Nachricht lautet: Das Auge des Raben wacht für immer und ewig über den Schatz.

Turnier mit Hindernissen

Ulrich hat bemerkt, dass der Ritter von der Henneburg eine scharfe Lanze hat. Bei Turnieren sind nur stumpfe Waffen zugelassen.

Glossar

Abtritt: Toilette, die bei den Burgen oft in der Mauer angebracht war und die sich von dort in eine Jauchegrube leerte

Angstloch: Loch oberhalb eines Burgverlieses, das mit einer Steinplatte oder einer Falltür verschlossen wurde. Durch dieses Loch wurden Gefangene abgeseilt und versorgt.

Barbarossa: bedeutet Rotbart auf Italienisch, der Spitzname, den die Italiener Kaiser Friedrich I. wegen seines roten Bartes gaben

Benediktiner: der älteste katholische Mönchsorden, der im sechsten Jahrhundert gegründet wurde

Bergfried: der Hauptturm einer Burg, der im frühen Mittelalter gleichzeitig als Wohnturm diente. Hier wurden Vorräte und Waffen gelagert, und in seiner Tiefe befand sich meist ein Verlies. Im Falle einer Belagerung konnten sich die Burgbewohner in den Bergfried zurückziehen. Aus Sicherheitsgründen lag der Eingang im ersten Stock. Um Feinden den Eintritt zu verwehren, wurde häufig die Holzstiege vernichtet.

Binsen: getrocknetes Schilf, mit dem in den Burgen der Boden des großen Saales ausgelegt wurde

Burgchronik: Aufzeichnungen der Vorgänge in einer Burg in der Reihenfolge ihres Geschehens

Federkiel: zugespitzte Gänsefeder, die zum Schreiben benutzt wurde

Friedrich I. (1123–1190): deutscher König und Kaiser. Er wurde 1152 als Nachfolger seines Onkels Konrad III. von den deutschen Fürsten zum König gewählt und 1155 zum Kaiser gekrönt. Seine fast vierzigjährige Herrschaft wird als die Blütezeit des König- und Kaisertums im Mittelalter angesehen. Auf dem dritten Kreuzzug ertrank er 1190 in einem Fluss in der heutigen Türkei.

Gänsekiel: siehe Federkiel

Gaukler: Jahrmarktskünstler, die Zuschauer mit allen möglichen Darbietungen unterhielten

Heiliges Land: mittelalterliche Bezeichnung des Gebietes, das sich von Syrien über Libanon bis nach Israel erstreckt. Es wurde auch Palästina genannt.

Heinrich der Löwe (1129–1195): Herzog von Bayern und Sachsen, Vetter von Kaiser Friedrich I. Er weigerte sich 1176, an einem Italienfeldzug teilzunehmen, und wurde daher vom Kaiser im Jahre 1180 geächtet und ein Jahr später nach England verbannt.

Herold: kündete beim Turnier die verschiedenen Teilnehmer an und überprüfte ihre Kampffähigkeit. Gleichzeitig kannte er sich in der Wappenkunde aus.

Hexenkraut: volkstümlicher Name für Johanniskraut. Die desinfizierende Wirkung dieser Heilpflanze wurde von den Kreuzrittern im Heiligen Land eingesetzt, um die Wunden der Verletzten auszuwaschen.

Kemenate: ein durch einen Kamin beheizbares Gemach einer Burg, in dem der Burgherr und seine Familie wohnten. Es konnte auch nur das Frauengemach einer Burg bezeichnen.

Kettenpanzer/Kettenhemd: schweres, knielanges Rüstungshemd der Ritter (Gewicht etwa 20 kg). Es bestand aus unzähligen ineinander greifenden Eisenringen.

Knappe: junger Adeliger, der bei einem Ritter in die Lehre ging

Kreuzritter: Ritter, der an einem Keuzzug teilnahm

Kreuzzug: Kriegszug im Namen der Kirche ins Heilige Land, um das Gebiet von den Moslems zu befreien. Zwischen 1095 und 1270 fanden insgesamt sieben Kreuzzüge statt.

Lanze: Stoßwaffe, die aus einem 2 bis 4 m langen Holzschaft besteht, an dessen Ende eine eiserne Spitze befestigt ist. Ein Ritter hielt die Lanze unter der Achsel und stach damit auf seinen Gegner ein.

Minnesang: mittelalterliche Dichtung und Gesang des 12. bis 14. Jahrhunderts. Hauptthema dieser Dichtung ist die Sehnsucht nach Liebe, aber auch der Zwiespalt zwischen Minnedienst und Kreuzfahrerpflicht.

Minnesänger: Dichter und Sänger, die oft als fahrende Sänger von Burg zu Burg und von Hof zu Hof zogen, um dort ihre Lieder vorzutragen

Novize: junger Mann, der einem katholischen Orden beitreten will. Bevor er jedoch sein Gelübde ablegen darf, muss er als Novize eine Probezeit bestehen.

Page: junger Adeliger, der auf einer fremden Burg als

Edelknabe in die ritterlichen Umgangsformen und Künste eingewiesen wurde

Palas: ein meist zweigeschossiges Hauptwohngebäude einer Burg. Im Palas befanden sich der Rittersaal, die Kemenate und die Gemächer des Burgherrn und seiner Familie.

Pergament: ungegerbte, geschabte und geglättete Tierhaut, die als Papier verwendet wurde. Pergament war sehr kostbar.

Reichsinsignien: die Zeichen der kaiserlichen Herrschaft, die aus dem Reichsapfel, dem Schwert, der Krone und dem kaiserlichen Mantel bestanden

Reichstag: regelmäßiges Treffen zwischen den Fürsten und dem Kaiser, bei dem wichtige Staatsangelegenheiten besprochen wurden

Ritter: adeliger, berittener Krieger, der zunächst eine Lehrzeit als Page und Knappe zu leisten hatte

Rittersaal: großer Saal im Palas einer Burg. Er diente als Empfangssaal, Speisesaal und allgemeiner Aufenthaltsraum.

Sarazenen: mittelalterliche Bezeichnung für Moslems

Schabracke: reich verzierter Parademantel eines Pferdes aus Tuch oder Seide

Schild: ursprünglich eine runde, im 12. Jahrhundert dann drachenförmige Holzplatte, die am Rand mit einem Metallstreifen verstärkt war und mit der gegnerische Waffen abgewehrt wurden

Sporen: eiserne Bügel mit Rädchen, die am Stiefelabsatz

befestigt wurden. Man benutzte sie, um die Pferde anzutreiben.

Tintenhorn: Tintengefäß aus einem Tierhorn

Tjost: Turnierspiel, bei dem Ritter versuchten, sich mit Lanzen aus dem Sattel zu heben. Ein Tjost konnte auch mit Schwertern zu Fuß fortgesetzt werden.

Topfhelm: eiserner Kopfschutz der Ritter im 12. Jahrhundert

Tranlicht: Lampe, die mit tierischem Fett gespeist wurde. Neben Kerzen, Fackeln und Feuerpfannen wurden damit im Mittelalter Räume beleuchtet.

Turnier: ritterliches Kampfspiel des 11. bis 16. Jahrhunderts, das nach festen Regeln ausgetragen wurde

Verlies: Burggefängnis, das sich meist im Untergeschoss des Bergfrieds befand. Man konnte es nur durch eine Öffnung in der Decke, das Angstloch, betreten.

Waffenrock: ärmelloses Hemd, welches ein Ritter über seinen Kettenpanzer zog und mit einem Gürtel festschnallte. Damit man die Ritter unterscheiden konnte, war das Hemd meist mit dem Familienwappen bestickt.

Wappen: Erkennungszeichen eines Ritters, das ursprünglich auf seinem Schild und dem Waffenrock abgebildet war. Später wurden diese Abzeichen als Familienwappen übernommen.

Zugbrücke: hölzerne Brücke am Eingang einer Burg, die man durch Ketten hochziehen und mit der man das Tor verschließen konnte

Zeittafel

1095	Papst Urban II. ruft zum 1. Kreuzzug auf.
1099	Kreuzfahrer erobern Jerusalem, Ende des 1. Kreuzzuges
1123	Geburt Friedrich Barbarossas
1129	Geburt Heinrichs des Löwen
1147	Aufruf zum 2. Kreuzzug
1149	Ende des 2. Kreuzzuges
1152	König Konrad III. stirbt, sein Neffe Friedrich Barbarossa wird von den deutschen Fürsten als sein Nachfolger gewählt.
1154	König Friedrich Barbarossa überträgt das Herzogtum Bayern dem Herzog Heinrich dem Löwen; 1. Italienfeldzug Barbarossas
1155	König Friedrich Barbarossa wird in Rom vom Papst zum Kaiser gekrönt.
1157	Papst behauptet, dass das Reich ein Lehen der römischen Kirche sei, Kaiser Friedrich Barbarossa jedoch verteidigt die Gleichrangigkeit von Kaiser und Papst.
1158	Kaiser Friedrich Barbarossa erobert Mailand während eines weiteren Italienfeldzuges.
1166	Friedrich Barbarossa erobert Norditalien, muss jedoch wegen Ausbruchs einer Seuche in seinem Heer unerwartet den Rückzug antreten.
1169	Friedrich Barbarossa krönt seinen vierjährigen Sohn Heinrich zum deutschen König.

1174	Heinrich der Löwe weigert sich, an einem weiteren Italienfeldzug Kaiser Friedrichs teilzunehmen.
1180	Heinrich der Löwe wird geächtet, verliert Bayern und wird 1181 nach England verbannt.
1183	Kaiser Friedrich Barbarossa schließt mit Italien Frieden.
1185	Heinrich der Löwe kehrt aus der Verbannung zurück.
1187	Sultan Saladin erobert Jerusalem zurück, Aufruf zum 3. Kreuzzug.
1188	Heinrich der Löwe wird abermals nach England verbannt, kehrt jedoch bereits im Herbst 1189 wieder nach Deutschland zurück.
1189	Kaiser Friedrich Barbarossa bricht zum 3. Kreuzzug mit einem Heer von 100 000 Mann ins Heilige Land auf.
1190	Kaiser Friedrich Barbarossa ertrinkt im Fluss Salep in der heutigen Türkei.
1191	Barbarossas Sohn Heinrich VI. wird zum Kaiser gekrönt.

Barbarossa und seine Zeit

Der Alltag auf einer Burg

Das Leben auf einer Burg war hart und ungemütlich. Im Winter konnten die großen Räume nur schwer beheizt werden, und der kalte Wind pfiff durch alle Ritzen. Zum Schlafen legte man sich auf einen Strohsack auf den harten Fußboden. Nur der Burgherr und seine Familie genossen den Luxus eines Bettes, das sie allerdings oft mit anderen teilen mussten. Man badete höchst selten und wurde daher von Läusen und Wanzen geplagt.

Außer im Sommer, wenn das Essen durch frisches Obst und Gemüse ergänzt wurde, war der Speisezettel nicht besonders abwechslungsreich: Es gab Brot, Brei, Milch und Käse, an Fastentagen Fisch und an Festtagen gepökeltes oder geräuchertes Fleisch. In Kriegszeiten musste man zudem jederzeit mit einer Belagerung rechnen. Da war die Burg dann nicht selten wochenlang von der Außenwelt abgeschnitten.

Wenn der Burgherr für seinen König oder Lehnsherrn in den Krieg ziehen musste, überließ er die Verwaltung der Burg seiner Frau, die ohnehin den gesamten Haushalt beaufsichtigte. Sie versorgte und unterrichtete die Kinder, kochte, wusch, nähte, schaffte Vorräte an, kümmerte sich um den Garten, pflegte Kranke und bewirtete Gäste.

Dennoch war der Alltag nicht nur arbeitsreich und öde. Burgbewohner vertrieben sich die Zeit mit fröhlichen Dingen. Es gab Gesellschaftsspiele, man musizierte, sang, tanzte und feierte ausgiebig.

Das Ritterturnier

Um sich auch in Friedenszeiten im Waffenhandwerk zu üben, veranstalteten Ritter Turniere. Nach dem ersten Turnier auf deutschem Boden, das vor den Mauern der Stadt Würzburg 1127 abgehalten worden war, gewannen die Spiele immer mehr an Beliebtheit. Es wurde Mode, bei Feierlichkeiten wie Kaiserkrönungen, Hochzeiten, Taufen und anderen freudigen Anlässen Turniere abzuhalten. Solche Veranstaltungen glichen Volksfesten, die hunderte von Gästen anlockten. Am Mainzer Hoftag an Pfingsten 1184, an dem Barbarossa seine Söhne zum Ritter schlug, sollen an den Ritterspielen mehr als 20 000 Ritter teilgenommen haben. Selbstverständlich durften Gaukler, Akrobaten, Tierbändiger und andere Unterhaltungskünstler nicht fehlen.

Bei einem Turnier wurden meist verschiedene Einzel- und Gruppenkämpfe ausgetragen. Das Buhurt war im Gegensatz zum Tjost ein Massenkampf, bei dem sich zwei gleich große Gruppen mit stumpfen Schwertern bekämpften. Im Turnei, einer Mischung aus Tjost und Buhurt, traten zwei Gruppen von Rittern gegeneinander an und versuchten, sich mit Lanzen vom Pferd zu stoßen. Wer die meisten Gegner aus dem Sattel hob, ging als Sieger hervor.

Die Erziehung auf der Burg

Im Alter von 7 Jahren verließ ein Junge die Burg seiner Eltern, um auf einer fremden Burg das Handwerk eines Ritters zu erlernen. Zunächst diente er dort als Page. Dabei lernte er nicht nur, wie man sich höfisch benahm, sondern die Burgherrin brachte ihm auch Grundkenntnisse im Lesen und Schreiben bei. Wichtiger als Bildung war jedoch, sich im Laufen, Reiten und Lanzenstoßen zu üben. Im Alter von 14 Jahren rückte der Page zum Knappen auf. Er wurde in der Jagdkunst und dem Kriegshandwerk unterwiesen. Gleichzeitig musste er sich um die Rüstung seines

Herrn und dessen Pferde kümmern, war im Krieg sein Waffenträger und half ihm beim Anlegen der Rüstung. Im Alter von 21 Jahren, wenn er seine Ausbildung beendet hatte, wurde er in einer feierlichen Zeremonie zum Ritter geschlagen.

Mädchen wurden von ihrer Mutter auf ihre zukünftigen Pflichten als Ehefrau und Mutter vorbereitet. Schon früh mussten sie zu Hause mithelfen. Mütter lehrten ihre adeligen Töchter aber auch Lesen und Schreiben. Da während der Handarbeiten oft gesungen oder vorgelesen wurde, waren Mädchen und Frauen gebildeter als die Männer, deren Leben sich meist nur um Waffen und Krieg drehte. Schon im Alter von 13 oder 14 Jahren verließen Edelfräulein dann ihre elterliche Burg, um zu heiraten.

Kinder anderer Stände traten bereits im Alter von 7 Jahren in ein Lehrverhältnis, wo sie ein Handwerk erlernten, oder sie halfen ihren Eltern auf dem Feld.

Die Kreuzzüge

Im Jahre 1070 eroberten die Moslems Jerusalem, den heiligsten Ort der christlichen Kirche. Empört darüber rief Papst Urban II. 1095 zum Krieg gegen die „Ungläubigen“ auf.

Wie von einem Fieber gepackt, zog eine kreuzzugsbegeisterte Horde los. Unter dem Motto „Gott will es“ brachen nicht nur Ritter und Geistliche auf, sondern Kinder, Greise, Reiche, Bettler und sogar Frauen. 1099 schließlich gelang es, Jerusalem nach fünfwöchiger Belagerung einzunehmen. Um die neu gegründeten Kreuzfahrerstaaten zu schützen, entstanden Ritterorden. Diese boten den Pilgern, die ins Heilige Land zogen, Geleitschutz, pflegten die Kranken in Hospitälern und begannen immer öfter, die benachbarten muslimischen Festungen anzugreifen. Als 1146 Edessa, einer der Kreuzfahrerstaaten, von den Moslems erobert wurde, rief man in Europa zu einem 2. Kreuzzug auf. Zahlreiche europäische Ritter, darunter der junge Friedrich Barbarossa, nahmen daran teil, doch der Kreuzzug scheiterte, und Edessa blieb in muslimischer Hand. Anlass, einen 3. Kreuzzug anzukündigen, bot Sultan Saladin, der 1187 Jerusalem eroberte. Unzählige europäische Herrscher und Adelige folgten dem Aufruf, dem sich auch Kaiser Barbarossa im Mai 1189 mit einem 100 000 Mann starken Heer anschloss. Nur knapp 1 000 seiner Ritter gelang es, Akkon zu erreichen.

Barbarossa selbst war nicht mehr dabei, da er auf dem Weg ins Heilige Land in einem Fluss in der heutigen Türkei ertrunken war. Dem 3. Kreuzzug folgten noch vier weitere. Erst 1291, als Akkon, die letzte christliche Festung im Heiligen Land, an die Moslems gefallen war, fanden die Kreuzzüge und damit viel sinnloses Blutvergießen ein Ende.

Die Rüstung eines Kreuzritters

Die Teilnahme an einem Kreuzzug war für einen Ritter ein kostspieliges Unterfangen. Er musste selbst für seine Rüstung aufkommen.

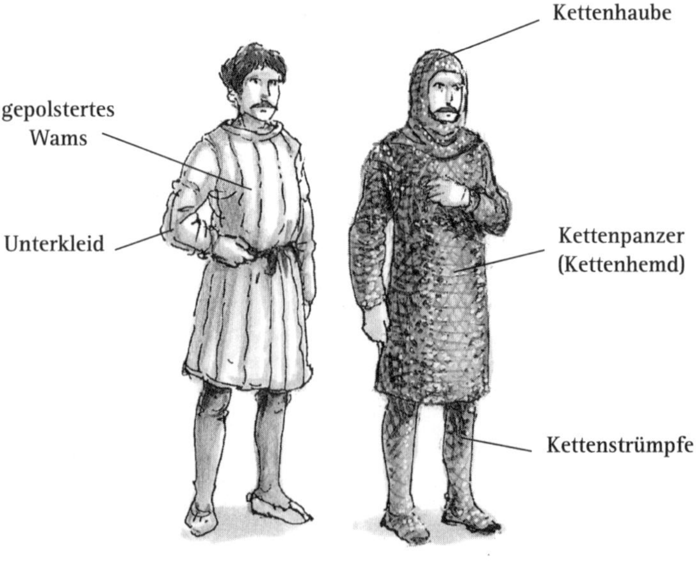

Allein das Kettenhemd konnte dem Wert von 100 Kühen entsprechen. Dazu kamen – neben der Rüstung – die Kosten für ein Streitross, mit dem der Ritter in den Kampf ziehen konnte.

Fabian Lenk

Der Mönch ohne Gesicht

Illustrationen von Christian Zimmer

Inhalt

Der Raub

Der Dieb sah sich um. Nichts, er war allein. Gut so! Auf Zehenspitzen schlich er weiter, tastete sich durch den kahlen Gang, der zur Schreibstube und zur Bibliothek des karolingischen Reichsklosters führte. Vorsichtig drückte der Mann die Klinke hinunter. Knarzend schwang die schwere Tür auf – der Dieb hielt den Atem an, lauschte. Plötzlich ein Rascheln, nah, gefährlich nah. Der Mann fuhr herum. Angst griff nach seinem Herzen wie eine eiskalte Hand. Panik befiel ihn. Das Geräusch kam vom Boden. Eine Ratte rannte um ihr Leben. Ein schwarzer Schatten folgte ihr in weiten Sätzen. Ein Fauchen, ein klägliches Fiepen. Stille. Auf weichen Pfoten glitt der Kater davon.

Der Dieb lächelte angespannt. Seine Hände zitterten. Er betrat das Skriptorium. Das erste Licht des nahenden Tages fiel zaghaft auf die mächtigen Tische in dem verlassenen Raum. Darauf fanden sich feinste Federn, Tintenfässer, Lineale und Bimssteine zum Glätten des Pergaments. Doch dafür hatte der Dieb keinen Blick. Sein Ziel lag weiter hinten, führte ihn in die Bibliothek. Rasch gelangte er zu den reich verzierten Büchern. Funkelnde Edelsteine und kostbares Blattgold schmückten die Einbände. Der Dieb raffte seine Beute zusammen, schnell, sicher und mit Methode. Er zitterte nicht mehr.

Jakob stöhnte leise. Cicero, Ovid, Vergil. Drei große Namen, drei große Dichter – und drei große Quälgeister. Der Junge saß auf einer harten Bank in der so genannten äußeren Schule des Klosters. Hier wurden die Kinder der Adligen unterrichtet. Jeden Morgen kamen sie von den umliegenden Anwesen in das Kloster. Die innere Schule war den Novizen vorbehalten. Jakobs bester Freund Benedictus, den die meisten Benni nannten, war einer dieser Novizen. Und der musste noch viel mehr pauken. Kanonisches Recht etwa und die sieben freien Künste wie Arithmetik oder Geometrie und Astronomie. Allein diese Wortungetüme ließen Jakob schaudern. Hätte doch Karl der Große niemals die Klöster dazu verpflichtet, Schulen einzurichten!

Jakob, ohnehin zierlich, machte sich so klein es ging auf seiner Bank. Bloß nicht auffallen, bloß nicht drangenommen werden vom strengen Lehrer Udalrich. Der Mönch hatte die Figur eines Weinfasses. Seine helle Stimme passte überhaupt nicht dazu.

Soeben versuchte Udalrich mit mäßigem Erfolg, seinen Schülern die Dichtkunst der Römer einzubläuen. Der Mönch ging die Reihen der Schüler ab, blieb plötzlich stehen, richtete seine kleinen Schweinsäuglein auf eines der Kinder und fragte Vokabeln ab. Und jetzt steuerte der dicke Udalrich geradewegs auf Jakob zu. Der Zehnjährige begann zu schwitzen. Hoffentlich ging das gut! Klein machen, winzig klein ...

„Nun zu dir, Jakob“, hörte er den Lehrer. „Sage mir, was bedeutet *ora et labora?*“ Ein schiefes Lächeln umspielte die Lippen des runden, gebildeten Mannes.

Jakob sah sich Hilfe suchend um.

„Nun, wird’s bald?“, fiepte Udalrich. Sein enormer Bauch pumpte unter der Kutte wie ein Blasebalg.

„Tja“, begann Jakob unsicher. „Ich glaube, nein, ich bin mir eigentlich ziemlich sicher, dass ...“

„De hoc satis!“, brüllte Udalrich. Genug davon!

Der Junge wurde blass. Doch in dieser Sekunde nahte die Rettung – und zwar von draußen. Auf dem staubigen Weg vor der Kirche war ein Tumult ausgebrochen. Eine aufgeregte Menge hatte sich um Theodulf, den Bibliothekar des Klosters, versammelt. Mittendrin sprang der Spaßmacher Liafwin herum.

„Ruhe!“, brüllte Udalrich hinaus. „Man versteht ja sein eigenes Geschrei nicht mehr!“

Theodulf kam näher. „Oh, Bruder Udalrich, es ist furchtbar! In die Bibliothek wurde eingebrochen!“ Das Reich der Bücher lag nur einen Steinwurf von der Schule entfernt.

Udalrich bekreuzigte sich. Atemlos befahl er den Kindern: „Raus, alle raus! Der Unterricht ist für heute beendet.“

Jakob sauste von der Bank. Doch der feiste Mönch erwischte ihn am Hemdkragen und zischte: „Wir zwei werden uns morgen weiter unterhalten. Ora et labora heißt: Bete und arbeite! Das solltest du beherzigen!“

Endlich gelang Jakob die Flucht. Er trat in die warme Herbstsonne hinaus. Rechts von ihm erhoben sich die gewaltigen, spitzgiebeligen Türme des heiligen Michael und des heiligen Gabriel. Immer mehr Menschen umringten inzwischen den jammernden Bibliothekar. Darunter war auch Benni.

„Na, auch Schule aus?“, begrüßte Jakob seinen Freund.

„Ja! Zumindest erst einmal“, erwiderte der kräftige Junge, der einen halben Kopf größer als Jakob war. „Schau mal, wer da kommt.“ Benni deutete auf ein barfüßiges Mädchen, das mit einem Hund auf dem Arm neugierig näher kam.

„Hallo, Anna!“, rief Jakob und winkte.

„Na, ihr Betbrüder? Was ist denn hier los?“ Annas Augen blitzten frech, als sie die Jungen begrüßte.

Benni sah sich um. Es war ihm verboten, sich mit einem Mädchen zu unterhalten. Aber Anna war schon seit vielen Jahren seine Freundin, denn die ärmlichen Bauernhöfe der Eltern lagen nebeneinander. Vor einem halben Jahr war Benni von seinen Eltern dem Kloster übergeben worden. Seitdem gestaltete sich der Kontakt zu Anna, die oft in den Ställen und der Pilgerherberge des Klosters für einen kargen Lohn arbeitete, schwierig. Doch jetzt schenkte den Kindern niemand Beachtung. Alles brüllte durcheinander.

„Es ist eingebrochen worden!“, flüsterte der Novize Anna zu. Er deutete auf die Bibliothek.

„Das klingt ja richtig spannend!“ Anna setzte den Hund ab. Felix war eine abenteuerliche Mischung. Er hatte kurze, krumme Beine, einen Stummelschwanz, ein schwarzes und ein weißes Ohr. Wären da nicht seine großen braunen Augen gewesen, hätte man ihn hässlich nennen müssen.

In diesem Moment hüpfte der Spaßmacher auf einem Bein an den Kindern vorbei, legte den Kopf schräg und reimte:

„Ein Dieb ging stiften
mit wunderbaren Schriften!“

„Ruhe, der Abt kommt!“, rief jemand. Eine Gasse tat sich auf. Richbod schritt heran. Er war ein hagerer, stolzer Mann. Seine Gesichtszüge waren ernst und drückten Entschlossenheit aus. Wie seine Brüder trug er eine einfache Kutte mit Kapuze und Sandalen. Jede Form von Schmuck war den Dienern Gottes untersagt.

„Was ist hier vorgefallen?“, fragte Richbod ruhig. Augenblicklich ebbte das Geschrei ab.

Der Bibliothekar blickte zu Boden: „Ein Fenster zur Bibliothek wurde eingeschlagen. Wertvolle Schriften sind verschwunden, Gott steh mir bei!“

Die Miene des Abtes verfinsterte sich: „Etwa auch das Arzneibuch?“

Theodulf nickte stumm.

„Oje“, entfuhr es Benni. „Das Buch enthält eine einzigartige Sammlung von Rezepten!“

„Monasterium sine libris est sicut arbor sine foliis“, murmelte der Abt bestürzt.

„Was hat er gesagt?“, fragte Jakob nach.

„Ein Kloster ohne Bücher ist wie ein Baum ohne Blätter, du Schaf. Passt du denn bei Latein nie auf?“, lachte Benni. Sein Freund zuckte verlegen mit den Schultern.

„Ausgerechnet jetzt!“, rief Richbod. „Kaiser Karl der Große wird uns in vier Tagen besuchen. Natürlich wollte ich ihm unsere einzigartige Bibliothek zeigen, unsere wunderbaren Bücher!“ Er wandte sich zu den herbeigelaufenen Schaulustigen: „Geht, lasst uns allein!“

Das Volk gehorchte. Der Abt und eine Reihe von Mönchen blieben vor der Bibliothek zurück und beratschlagten sich.

Die Kinder verdrückten sich in den Schatten des Ärztehauses. An ihnen vorbei strömten Pilger, Studenten, Handwerker, Spielleute, Spaßmacher und Bettler. Sie alle waren gekommen, um Karl dem Großen, der vor neun Monaten im fernen Rom zum Kaiser gekrönt worden war, ihre Aufwartung zu machen.

„Nicht zu fassen. Unser schönes Kloster wird von einem Dieb heimgesucht“, seufzte Benni.

„Das Kloster ist nicht nur schön, es ist auch reich“, erwiderte Anna. „Und das zieht finstere Gesellen an.“ Sie spähte um die Ecke: „Fein, die Mönche sind weg. Wir sollten einen Blick auf die Bibliothek werfen!“

„Warum denn das?“, fragte Jakob verwundert.

„Die Bücher müssen wieder her, ist doch klar!“, rief Anna. „Vielleicht finden wir am Tatort einen Hinweis auf den Dieb, kommt!“

Die Jungen folgten ihr und Felix nur zögernd.

„Viel Zeit hab ich aber nicht“, murmelte Benni, „ich muss gleich zum Gottesdienst!“

Kurz darauf standen sie vor der Bibliothek. Eines der kostbaren Fenster war geborsten. Splitter lagen davor im Gras.

„So, jetzt sind wir genauso schlau wie vorher“, beschwerten sich Benni und Jakob. Die Kirchturmglocke schlug, und der Novize wandte sich zum Gehen. Der Gottesdienst zur Terz stand an.

„Keineswegs“, meinte das Mädchen. „Hier ist etwas faul, wenn ihr mich fragt.“

? *Was ist Anna aufgefallen?*

Drei unter Verdacht

Benni hielt inne: „Was meinst du?“

Anna stützte die dünnen Arme in die Seite: „Das sieht man doch. Hier – die Glassplitter. Wenn das Fenster von außen eingeschlagen worden wäre, hätten die Splitter doch innen liegen müssen! Tun sie aber nicht.“

Jakobs Gesicht war ein einziges Fragezeichen: „Und was schließt du daraus?“

„Der Täter hatte ungehinderten Zugang zur Bibliothek. Er hat das Fenster von innen eingeschlagen, um eine falsche Spur zu legen“, erklärte das Mädchen aufgeregt.

„Das klingt reichlich abenteuerlich“, argwöhnte der Novize. „Demnach müsste er einen Komplizen im Kloster gehabt haben, der ihm aufsperrte. Das glaube ich nicht. Und jetzt muss ich endlich los! Ich komme sonst zu spät.“ Er sauste zur Kirche.

Jakob klopfte Anna spielerisch auf die Schulter: „He, das war nicht schlecht. Hätte glatt von mir sein können. Was schlägst du vor? Sollen wir den Abt benachrichtigen?“

„Lieber nicht. Der hält uns für verrückt. Wir brauchen noch mehr Hinweise."

„Ja, vielleicht hat jemand etwas beobachtet. Wir müssen die Leute befragen, die in der Nähe waren, als es passierte."

Jakob, Anna und Felix mischten sich unter das Volk. Das Kloster glich mit seinen Werkstätten, Ställen, Scheunen, der Herberge, dem Krankenhaus und den Gärten einer kleinen Stadt. Seit bekannt war, dass Karl der Große kommen würde, schien es, als läge das ganze Kloster im Fieber. Ochsen- und Pferdekarren schoben sich durch die Menschenmengen. Fliegende Händler errichteten ihre Stände. Akrobaten zeigten ihr Können, Bänkelsänger erhoben ihre Stimmen. Und überall sah man Mönche und Wachen, die vergeblich nach den Büchern und dem Dieb fahndeten.

Felix rannte, die Nase dicht am Boden, bellend herum. Sein Stummelschwänzchen wedelte wie aufgezogen. Fast wäre der kleine Hund unter die Räder eines Pferdegespanns gekommen. Der Bauer, der neben dem Gespann ging, schlug mit einem Stock nach dem kleinen Hund, ohne ihn jedoch zu treffen.

„Nehmt das hässliche Vieh da weg!“, keifte der Mann.

„Hässlich? Das hätten Sie nicht sagen dürfen!“, lachte Anna. Schon zwickte Felix den Bauern in die Wade.

Der Mann brüllte auf, schlug wieder nach dem Hund, aber der war viel zu schnell für ihn.

„Hässlich darf man Felix nicht nennen, da beißt er immer zu!“, meinte das Mädchen.

Der Bauer drohte ihr mit dem Knüppel, zog jedoch weiter zu einem Händler, der Obst und Gemüse feilbot.

„Siehst du den Stand?“, fragte Jakob. „Der steht der Bibliothek am nächsten. Vielleicht hat der Händler etwas bemerkt.“

Sie warteten, bis der Bauer verschwunden war, und traten an den Stand heran. Der Händler war ein hagerer Mann mit einer Hakennase. Er trug elegante, knielange Hosen aus Leinen, einen hemdartig geschnittenen Kittel, Wadenbinden aus Stoff und Bundschuhe. Misstrauisch beäugte er die Kinder. Vor allem Anna in ihrem einfachen, ärmellosen Hemdrock. „Was wollt ihr?“, fragte der Händler ungehalten.

„Etwas kaufen!“, sagte Jakob schnell. Er zog einen kleinen Beutel hervor und ließ die Münzen klimpern.

Der Mann lächelte plötzlich freundlich: „Stets zu Diensten.“ Er deutete eine Verbeugung an.

„Wir brauchen eigentlich kein Obst oder Gemüse, auch wenn Ihres sehr gut aussieht“, begann Jakob umständlich. „Wir sind eher auf der Suche nach ...“

„Wir wollen wissen, ob Sie etwas von dem Diebstahl in der Bibliothek bemerkt haben. Ist Ihnen etwas Ungewöhnliches aufgefallen?“, unterbrach Anna ihren Freund.

Der Händler verschränkte die Arme vor der Brust: „Was geht das euch Rotznasen an? Wollt ihr nun etwas kaufen oder nicht?“

Jakob griff nach ein paar Äpfeln und reichte sie dem Mann, damit er sie abwiegen konnte. „Also, haben Sie was bemerkt?“

Der Händler kniff die Augen zusammen: „Eigentlich nicht.“ Er kratzte sich hinter dem Ohr. „Doch, halt. Mir fiel ein Reiter auf, der in vollem Galopp an meinem Stand vorbeistob. Aber das habe ich den Wachen auch schon gesagt."

Die Augen der Kinder wurden groß. Anna fragte: „Wie sah der Reiter aus? Hatte er etwas dabei?"

„Ein kleiner, dicker Mann mit einem Hut. Er trug einen Sack über der Schulter. Sein Pferd war ein Fuchs, daran erinnere ich mich." Der Händler reichte den beiden die Früchte und nahm das Geld in Empfang. „Verschwindet jetzt endlich! Ich weiß sonst nichts."

Anna und Jakob gehorchten. Ein paar Meter weiter bissen sie in die Äpfel.

„Hm, lecker!“ Anna gab ihrem Hund ein Stück. Zu Jakob meinte sie: „Wir sollten uns weiter umhören. Der Anfang war doch viel versprechend. Ein Reiter mit einem Sack, der es verdächtig eilig hatte!“

„Gut“, meinte der Junge. „Wie wär’s mit dem Bettler da?“ Jakob zeigte auf einen alten Mann, der in der Nähe der Sakristei unter einem Baum hockte. „Vielleicht war der ja schon heute Morgen hier.“

Das Haar des Bettlers war grau und verfilzt, die Kleidung bestand aus Lumpen. Der Alte blickte langsam auf, als der Schatten der Kinder auf ihn fiel. Der Mann hatte nur noch ein Auge, mit dem er sie scharf musterte. Müde sprach er zu dem Jungen: „Habt Ihr, junger Herr, ein Almosen? Seid barmherzig!“

„Vielleicht“, gab Jakob zurück. „Beantworte mir erst eine Frage. Seit wann hockst du hier?“

„Vielleicht schon eine Ewigkeit.“ Der Bettler lachte hohl. „Nein, Unsinn. Es sind sicher schon zwei, drei Tage. Aber Zeit spielt für mich keine Rolle, wisst Ihr?“

„Erinnere dich: Ist dir heute etwas Merkwürdiges aufgefallen?“ Der Junge warf dem Bettler eine Münze zu.

Geschickt fing sie der alte Mann auf: „Ja, dieses laute Krachen. Ein Splittern. Davon bin ich aufgewacht. Kurz danach kam ein schwer beladener Wagen vorbei."

„Ein Wagen?", mischte sich Anna ein. „Erzähle!"

Der Bettler zuckte mit den Schultern. „Ein Karren eben. Hoch beladen. Eine Plane war darüber. Ich konnte nichts weiter erkennen. Zwei Männer saßen auf dem Bock. Sie schlugen auf die Pferde ein, weil es ihnen wohl nicht schnell genug vorwärts ging."

Anna und Jakob drangen weiter auf den Bettler ein, erfuhren aber nichts mehr. Als Nächstes befragten sie eine runde Frau, die Kräuter anpries. Felix schnüffelte interessiert.

„Fort mit dir!“, schimpfte die Frau. „Du schreckliches, häss...“

„Nennen Sie ihn bloß nicht hässlich!“, warnte Anna schnell. „Das kann üble Folgen haben.“ Felix hatte schon den Kopf gehoben und knurrte.

Mit Jakobs Geld kauften die beiden der Frau ein Säckchen mit Salbei ab. Es gelang Anna, die Händlerin in ein Gespräch zu verwickeln. Nein, etwas Besonderes habe sie nicht bemerkt, sagte die Kräuterfrau. Etwas ärgerlich schloss sie: „Sieht man einmal von einem Mönch ab, der mich in der Morgendämmerung fast über den Haufen geritten hätte. Er saß

auf einem kräftigen Rappen. Die Kapuze hatte er tief ins Gesicht gezogen, sodass ich sein Gesicht nicht erkennen konnte. Außerdem trug er eine goldene Kette." Sie seufzte: „Manchmal glaube ich, dass die Zeiten immer gottloser werden."

Nachdenklich gingen die Freunde weiter.

Anna war unzufrieden: „Sollen wir noch weitermachen? Die Aussagen haben uns nicht geholfen, oder?"

Jakob antwortete nicht. Zu tief war er in Gedanken versunken.

„He, was ist los mit dir?", fragte Anna. Sie knuffte Jakob in die Seite. „Redest du nicht mehr mit mir?"

„Psst!", machte Jakob. Plötzlich ballte er die Fäuste: „Von wegen, die Befragungen haben uns nicht weitergebracht. Es gab sehr wohl einen entscheidenden Hinweis!"

? *Welche Aussage enthielt einen Hinweis?*

Nachts auf dem Friedhof

„Ein Mönch mit einer Kette – das hätte mir eigentlich auch auffallen müssen“, meinte Anna, nachdem Jakob mit seiner Erklärung fertig war. „Mönche dürfen doch keinen Schmuck tragen!“

„Genau, wir haben es mit einem falschen Mönch zu tun!“, rief Jakob. „Er hat sich ins Kloster eingeschlichen und die Bücher gestohlen.“

Plötzlich stand Angst in den Augen des Mädchens. „Die Kräuterfrau sagte, dass der Mann die Kapuze tief hinabgezogen hatte. Meinst du, wir haben es mit dem *Mönch ohne Gesicht* zu tun?“

Jakob erschrak. Der Mönch ohne Gesicht trieb seit Jahren sein Unwesen im Reich Karls des Großen. Auf seinen Kopf war eine hohe Belohnung ausgesetzt. Niemand hatte bisher sein Antlitz erblicken können – und so war der Mönch ohne Gesicht zu seinem Namen gekommen, den das Volk vor lauter Angst nur hinter vorgehaltener Hand auszusprechen wagte.

„Wir müssen unbedingt Benni informieren“, meinte Jakob. „Wenn sich nun der Mönch ohne Gesicht ins Kloster eingeschlichen hat?“

„Ja“, pflichtete ihm Anna bei. Viele Bereiche des Klosters waren allein den Mönchen und Novizen vorbehalten. Benni würde die Augen aufhalten müssen.

„Kannst du ihn nach dem Gottesdienst abfangen?“, fragte Anna. „Ich muss nach Hause. Ich habe versprochen, meinem Vater beim Schweinehüten zu helfen. Er treibt sie heute in die Wälder zur Eichelmast.“

„Auch ich müsste mich eigentlich beeilen. Mein Vater wird mich schlagen, wenn ich nicht bald aufkreuze“, befürchtete Jakob. „Aber gut, ich werde auf Benni warten!“

Benni war ebenso entsetzt, als er vom Verdacht der Freunde hörte. Er versprach, auf der Hut zu sein.

„*Valde bona!*“, rief Jakob. Sehr gut!

„He, hast du etwa einmal in Latein aufgepasst?“, lachte der Novize.

„Tja, dafür sorgt der dicke Udalrich schon!“, gab der Freund zurück. „Ich muss heim. Halte du die Augen auf. Bis morgen!“

Das Leben der Mönche und Novizen war mit Beten und Arbeiten erfüllt. Bis zu acht Stunden verbrachten sie in Sommer und Herbst auf den Feldern. Hinzu kam die geistige Arbeit wie das Lesen von heiligen Schriften oder das Kopieren bedeutender Bücher.

Mehrfach am Tag kamen die rund einhundert Glaubensbrüder zu Gottesdiensten in der Kirche zusammen. Ausgenommen waren nur die Mönche, die weit draußen auf den Feldern arbeiteten. Sie erhielten vom Abt die Erlaubnis, den Gottesdienst vor Ort zu feiern, indem sie ihre Knie in Ehrfurcht vor dem Herrn beugten.

Der Tag war derart mit Pflichten gefüllt, dass Benni kaum die Möglichkeit hatte, seinem geheimen Auftrag nachzugehen. Dennoch – jedes Gesicht musterte der Junge scharf. Einen fremden Mönch konnte er nicht ausmachen. Das sollte sich bald ändern. Doch das konnte Benni nicht ahnen, als er nach der Komplet, dem Nachtgebet, hundemüde auf die Binsenmatte seines Bettes fiel. Der Novize schlief unruhig, er träumte vom Mönch ohne Gesicht.

Der Dieb saß auf einem schnaubenden Pferd. In der einen Hand hielt er das Arzneibuch des Klosters, in der anderen ein brennendes Holzscheit. Mit einem teuflischen Lachen zündete der Mönch ohne Gesicht das Buch an. Verzweifelt versuchte Benni, die Schrift zu retten, doch es war umsonst. In seiner Wut riss er dem Dieb die Kapuze vom Kopf: Darunter war ein Totenkopf, in dessen leeren Augenhöhlen das ewige Feuer der Verdammnis glomm.

Um zwei Uhr morgens wurde Benni unsanft geweckt. Ein Mönch lief durch das im ersten Stock gelegene Dormitorium und schwang ein Glöckchen mit einem feinen wie hartnäckigen Klang. Es war Zeit, am Nachtgottesdienst Mette teilzunehmen. Müde erhob sich der Junge. Er lief aus dem Schlafsaal die Treppe hinab und kam am Wärmeraum vorbei. Das war der einzige Raum, der im Winter beheizt werden konnte. Mit den anderen ging er durch den Kreuzgang zur Klosterkirche.

Dort bestiegen zwei Mönche die Kanzel und sangen einen Psalm. Feierlich und glasklar, rein und schön füllten ihre tiefen Stimmen die Kirche. Benni beobachtete die Glaubensbrüder im Chorgestühl. Die Mönche sahen fast alle gleich aus in ihren Kutten und Kapuzen. Dunkle Schatten, kaum erhellt vom unheimlichen Schein der Fackeln. Angst stieg in Benni auf. Wieder sah er die leeren Augenhöhlen des Totenkopfes vor sich. Das brennende Buch ...

Waren sie unter sich, rasten Bennis Gedanken weiter, oder hatte sich der Mönch ohne Gesicht in ihre Gemeinschaft eingeschlichen? Nein, vermutlich spielte ihm seine Fantasie einen Streich – oder etwa doch nicht? Unsicherheit und Furcht fraßen sich in das Gefühl des Vertrauens, das er in diesen Mauern immer empfunden hatte. Der Novize versuchte, sich auf den Gottesdienst zu konzentrieren.

Es folgten Lesungen aus der Heiligen Schrift und weitere Gebete. Zum Schluss sangen alle feierlich das Tedeum und gingen zurück in ihre Schlafräume. Benni war gerade im Kreuzgang, als er plötzlich stutzte. Denn während alle dem Dormitorium zustrebten, verschwand einer der Mönche plötzlich Richtung Speisesaal in der Finsternis. Der Novize zögerte – sollte er dem Mann folgen? Zu dumm, dass er das Gesicht des Bruders nicht erkannt hatte.

Doch seine Neugier war stärker als die Angst, und Benni folgte dem Unbekannten. Der Mönch war am Speisesaal vorbeigegangen und steuerte nun auf das Badehaus zu. Benni rannte hinterher, spähte um die Ecke. Der Mönch lief zügig Richtung Friedhof. Der Novize hielt gebührenden Abstand. Jetzt verschwand der Unbekannte zwischen den Bäumen, die die Grabstellen säumten. Dem Jungen fuhr der Schreck in die Glieder: Was wollte der Mönch dort in der Nacht? Mit klopfendem Herzen schlich Benni weiter. Plötzlich hörte er ein Flüstern. Ein unterdrücktes Lachen. Vorsichtig bog Benni die Zweige eines Strauches auseinander. Da war der Mönch! Groß ragte seine Gestalt im fahlen Mondlicht auf. Er war in ein Gespräch mit einem anderen Mönch vertieft. Beide standen mit dem Rücken zu Benni an einem Grab.

Unmöglich zu erkennen, um wen es sich bei den Männern handelte! Atemlos lauschte der Novize, konnte aber kein Wort verstehen. Etwas flatterte dicht an Bennis Kopf vorbei, der Junge stieß einen leisen Schrei aus.

Die Mönche fuhren herum, der Junge warf sich flach auf den Bauch. Schritte wurden laut, kamen direkt auf ihn zu. Benni schloss die Augen und betete, dass sie ihn nicht fanden. Ärgerliches Gemurmel, dann entfernten sich die Schritte. Erst nach einigen Sekunden wagte der Novize, den Kopf zu heben. Zwei dunkle Gestalten verließen gerade den Friedhof. Benni rappelte sich hoch. Er nahm all seinen

Mut zusammen und sauste hinterher. Am Friedhofseingang trennten sich die Männer: Der eine wählte den Weg geradeaus zum Dormitorium, der andere hielt sich in südliche Richtung. Der Novize überlegte einen Moment – wem sollte er folgen? Er schlug den südlichen Weg ein.

Der Verdächtige begann mit einem Mal zu rennen. Er bog an der Latrine nach Westen ab. Benni kam schwitzend nach. Der seltsame Mönch nahm den zweiten Weg links und stürmte an der ersten Abzweigung nach rechts. Der Novize hatte Schwierigkeiten, dem Fremden zu folgen. Der Mann lief nun ein Stück geradeaus, überquerte eine Kreuzung und wandte sich danach Richtung Norden. Er war in eine schmale Gasse eingebogen. Abermals ging die Jagd ein Stück geradeaus. Der Mann in der Kutte vergrößerte den Vorsprung gegenüber seinem Verfolger. Gerade noch sah Benni, wie der Mann in dem Gebäude verschwand, das am Ende des Weges lag. Keuchend lehnte sich der Junge gegen eine kühle Mauer. Sein Puls hämmerte. Vor Aufregung, vor Angst. Er fürchtete die Strafe seiner Brüder, denn sein nächtlicher Ausflug konnte nicht verborgen geblieben sein. Aber Benni war auch sehr stolz. Denn jetzt wusste er, wo der Verdächtige untergeschlüpft war.

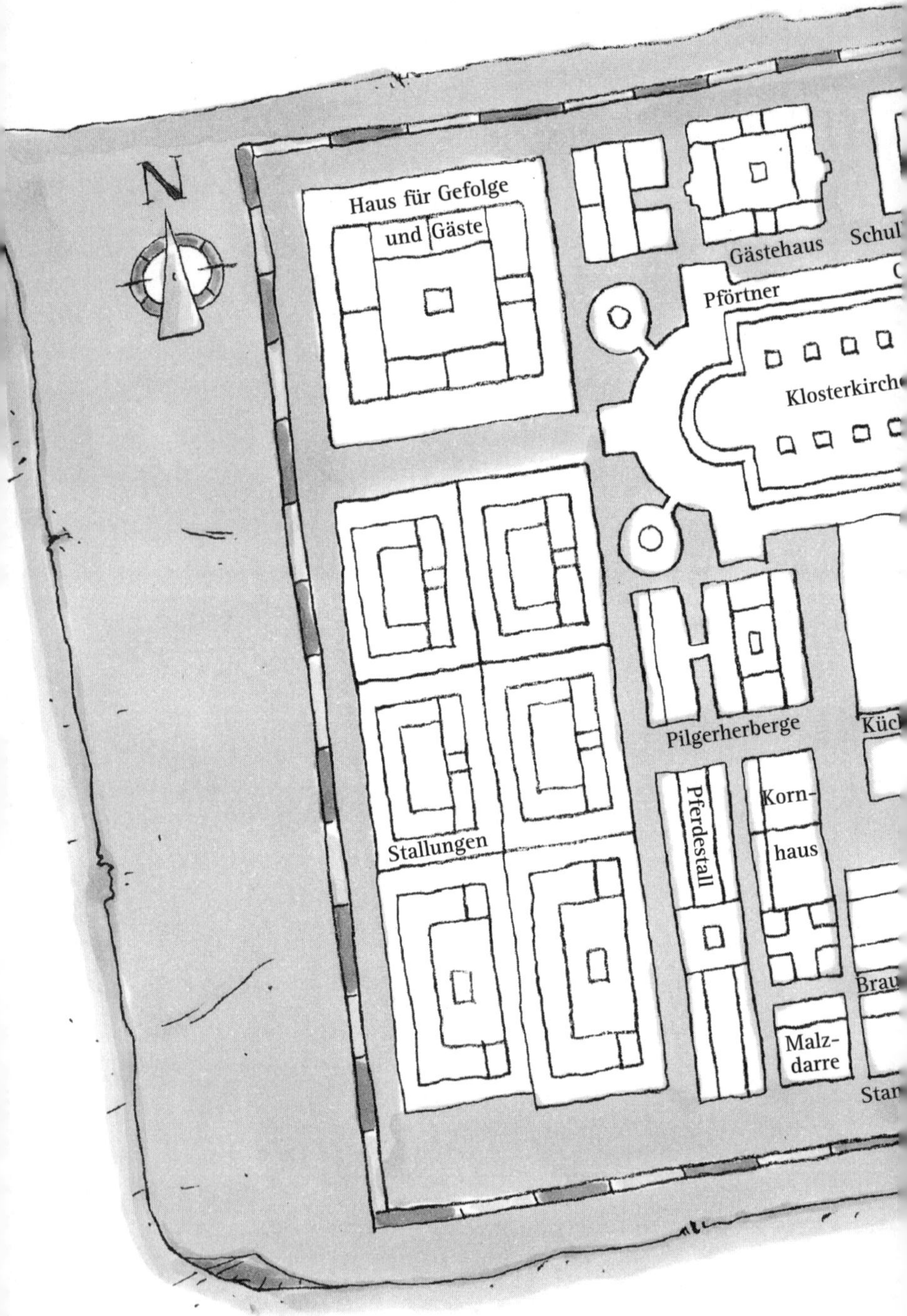
N
Haus für Gefolge und Gäste
Gästehaus
Pförtner
Klosterkirche
Pilgerherberge
Stallungen
Pferdestall
Kornhaus
Malzdarre

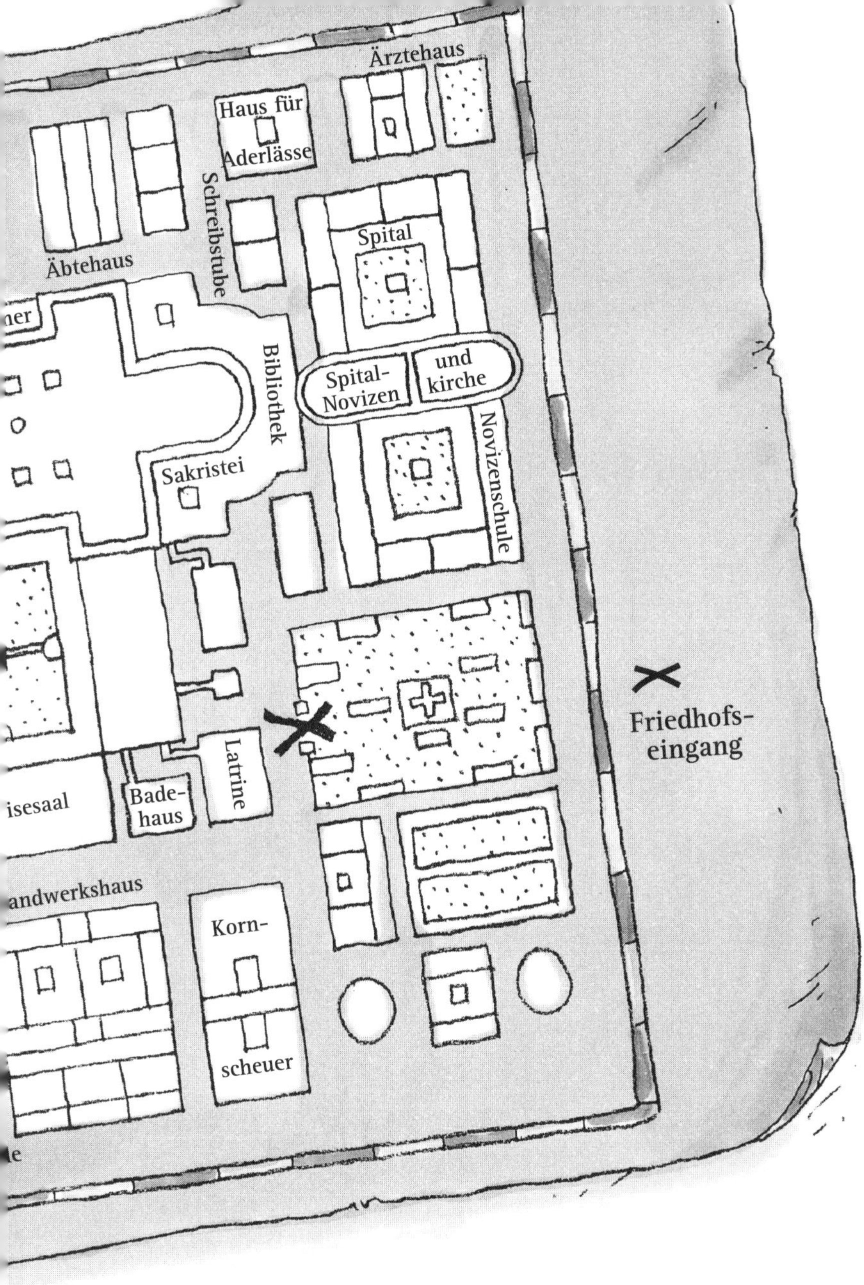

Was war das Ziel des Verdächtigen?

Brennende Augen

Benni konnte es kaum erwarten, Anna und Jakob von seinen Beobachtungen zu erzählen. Doch dazu sollte er erst einmal nicht kommen. Denn der Novizenmeister erwartete Benni schon, als er zum Dormitorium zurückschlich. Die Strafe war hart. Erst setzte es eine fürchterliche Tracht Prügel. Dann verdonnerte der Novizenmeister den Jungen zu absolutem Schweigen. Es war auch allen anderen untersagt, mit ihm zu sprechen. Nach den Gottesdiensten musste sich Benni auf den Boden vor die Kirche legen, mit dem Gesicht nach unten. Die Mönche stiegen über ihn hinweg, ohne ihn eines Blickes zu würdigen. Der Novize hustete und weinte im Staub.

Am Nachmittag, als Benni getrennt von den anderen Mönchen im Klostergarten arbeiten musste und Zwiebeln aus der Erde zog, wurde er einen Gedanken nicht los: Warum waren die beiden Täter noch im Kloster und nicht mit ihrer Beute geflohen? Was hatten die Verbrecher vor?

„He, Benni", hörte er plötzlich eine Stimme. Der Novize sah sich um. Da entdeckte er sie: Jakob, Anna und Felix hatten sich hinter einer Weide versteckt und winkten ihn heran. Vorsichtig schlich er zu seinen Freunden. Der kleine Hund sprang an dem Novizen hoch und leckte ihm einmal quer durchs Gesicht. Mit gedämpfter Stimme begann Benni zu erzählen. Die Augen der Freunde wurden immer größer. Vor allem als er von der nächtlichen Jagd auf dem Friedhof berichtete.

„Wir müssen in die Herberge!", rief Anna.

Jakob ballte die Fäuste: „Ich bin dabei. Ein Glück, dass heute kein Unterricht mehr ist."

„Ich kann euch jetzt leider nicht helfen, tut mir Leid", bedauerte der Novize.

Anna legte ihm eine Hand auf die Schulter: „Wir machen das schon. Verlass dich auf uns."

Kurz darauf spähten Anna und Jakob durchs Fenster der Herberge. Der Schankraum lag wie ausgestorben vor ihnen.

„Das habe ich befürchtet“, meinte Jakob. „Wir sind zu früh dran. Heute Abend sollten wir einen zweiten Versuch wagen, was meinst du?“

Das Mädchen nickte: „Gut. Aber lass mich erst noch einen Blick in den Stall werfen.“ Sie flitzte los. Der Hund stürmte bellend hinter ihr her. Jakob folgte etwas unschlüssig.

Knarrend schwang das Tor auf. Kein Mensch war zu sehen.

„Was willst du denn hier?“, maulte Jakob. Fliegen surrten um seinen Kopf.

„Jetzt lass mich nur machen!“ Anna lief die Reihe der Tiere ab. Mit einem Mal stoppte sie. „Da!“, rief sie.

„Was ist da schon?“, fragte Jakob ungehalten. „Doch nur ein Gaul!“

„Von wegen, du Ochse!“ Anna deutete auf ein stattliches Pferd. „Ein Rappe! Wie ihn die Kräuterfrau gestern beschrieben hat. Weißt du nicht mehr?“

Jakob kam näher. „Na ja, könnte hinkommen“, gab er zu. „Aber das mit dem Ochsen nimmst du sofort zurück!“

„Ja, ja, schon gut. Dann ist er noch hier in der Herberge, der Mönch ohne Gesicht“, wisperte Anna. „Wir müssen uns auf die Lauer legen.“

„Im Stall?“

„Na klar.“ Das Mädchen sah sich um. „Wir brauchen einen sicheren Beobachtungsposten.“ Ihr Blick glitt nach oben. „Der Speicher! Das ist es. Komm!“

Über eine wackelige Leiter gelangten sie hinauf. Mit einem Fußtritt schob Anna das alte Stroh beiseite, das den Boden bedeckte.

„Einwandfrei“, kommentierte sie. „Durch die Ritzen kann man genug erkennen. Schau, jetzt sind wir genau über dem Rappen.“

„Und was ist, wenn der Mönch ohne Gesicht heute gar nicht mehr im Stall aufkreuzt?“, warf der Junge ein.

„Hm, dann muss eben einer von uns in der Herberge aufpassen. Und der andere bleibt hier. Nämlich du.“

„Ich? Ich habe keine Lust auf eine Nacht im Stall. Vergiss es!“

„Nein! Ich frage, ob ich heute Abend in der Wirtschaft aushelfen darf. Das habe ich schon oft gemacht. Ich falle dort nicht auf. Du aber schon. Also gehst du in den Stall.“

Die Dunkelheit hatte sich über das Kloster gelegt wie ein schwarzes Tuch. Nur aus den Fenstern der Herberge schimmerte Licht. Die Schänke hatte sich in der letzten Stunde rasch gefüllt. Anna schleppte die schweren Bierkrüge zu den Gästen, servierte Essen und sagte dem Wirt Bescheid, wenn jemand bezahlen wollte. Felix blieb stets dicht bei ihr.

Eine Gruppe von Männern hatte sich um Liafwin geschart. Der Spaßmacher saß mitten auf dem Tisch und spottete:

„Gar böse ist der Abt,
weil er keine Bücher hat.“

Einige lachten unterdrückt. Man bestellte Liafwin einen neuen Krug Bier, damit seine Stimme gut geölt blieb. Als Anna das Getränk brachte, dichtete der Spaßmacher:

„Da kommt mein Bier, das lob ich mir!
Doch was will hier das hässliche Tier?“

Er deutete auf Felix. Die Männer grölten.

Der kleine Hund spitzte die Ohren, dann fletschte er die Zähne. Mit einem Satz war er auf dem Tisch und zwickte Liafwin in den Fuß. Der Spaßmacher brüllte auf. Vor Wut wurde sein Gesicht puterrot. Als er jedoch sah, dass alle anderen lachten, beherrschte er sich. Er riss noch ein paar Witze, verließ dann aber die Schänke.

Währenddessen langweilte sich Jakob in seinem Versteck auf dem Speicher. Immer wieder hatten Knechte oder Pferdebesitzer den Stall betreten, aber niemand hatte sich bisher um den Rappen gekümmert. Der Junge machte es sich so bequem wie möglich. Er schob ein bisschen Heu zusammen und legte seinen Kopf darauf. Zuhause in seinem Bett war es zweifellos bequemer. Den Hof seiner Eltern hatte er vor ein paar Stunden klammheimlich verlassen. Und jetzt war er hier ... Irgendwann döste Jakob ein.

Ein Schnauben weckte ihn. Jakob fuhr hoch, spähte durch den schmalen Spalt hinab. Der Rappe tänzelte unruhig auf der Stelle. Ein Licht kam näher. Eine männliche, beruhigende Stimme war zu hören. Dann tauchte eine Gestalt mit einer Stalllaterne auf.

Jakob stockte der Atem. Ein Mönch! Im schwachen Licht erkannte der Junge, dass der vermeintliche Diener Gottes die Kapuze tief ins Gesicht gezogen hatte. Plötzlich schaute der Mann hoch. Seine Augen brannten für einen Moment in denen des Kindes. Jakob sah nur diese Augen, die ihn durchdrangen wie ein scharfes Messer. Wissende, kalte Augen. Die Augen eines Raubvogels, der sich aufschwingt, um sein Opfer zu schlagen.

Der Junge fuhr zurück, voller Panik, einen Schrei auf seinen Lippen. Die Leiter knarzte. Jakob krabbelte in einen Haufen Heu, verbarg sich darin. Feste

Schritte dröhnten auf den Holzbohlen. Plötzlich Stille. Erneute Schritte. Eine Stimme sagte: „War wohl nur irgendein Vieh." Als Jakob wieder die Leiter unter dem Gewicht ächzen hörte, schlüpfte er aus dem Heu und wagte sich zurück zu seinem Beobachtungsposten. Ein zweiter Mönch war hinzugekommen. Auch sein Gesicht war unter einer Kapuze verschwunden. Die Männer sprachen kein Wort. Aber ein kleines Stück Pergament wechselte den Besitzer. Der Hinzugekommene verschwand augenblicklich wieder. Der Pferdebesitzer warf einen kurzen Blick auf das Schriftstück. Dann zerriss er es in kleine Fetzen, warf sie achtlos auf den Boden und verließ ebenfalls den Stall. Als der Mönch die Tür aufstieß, verteilte ein Windstoß die Schnipsel im Stall.

Jakob kletterte mit weichen Knien vom Dachboden. Fieberhaft suchte er die Pergamentfetzen. In einem Wassertrog schwamm einer, ein anderer Schnipsel lag in einem Futtersack. Weiter ging die Suche! Doch Jakob fand nur noch ein winziges Pergamentstückchen. Ratlos ging der Junge aus dem Stall.

Aus der Dunkelheit sprang plötzlich ein Schatten auf ihn zu. Jakobs Herz setzte aus. Doch dann erkannte er Felix. Der Junge musste über sich selbst lachen. Nun tauchte auch Anna auf.

„Endlich Schluss in der Herberge. Der letzte Zecher ist gerade gegangen!", rief sie. „Ich habe nichts Verdächtiges bemerkt. Und du?"

Die beiden schlugen den Weg zwischen dem Kornhaus und der Brauerei ein.

Jakob erstattete Bericht.

„Und dir ist wirklich nichts an den Männern aufgefallen?" Anna konnte es kaum glauben.

Jakob versuchte, sich an jedes Detail zu erinnern: „Nein, nichts, woran ich die Kerle wieder erkennen könnte. Zum einen trugen sie Kapuzen. Und zum anderen war es ja auch ziemlich dunkel!" Von den brennenden Augen und seiner Angst erzählte er Anna lieber nichts.

Es war eine finstere Nacht. Der Mond verbarg sich hinter dicken Wolken. Mehrfach stolperten die Kinder.

„Ganz schön unheimlich", flüsterte Anna. „Außerdem ärgert es mich, dass wir in unserem Fall nicht weiterkommen. Alles, was wir haben, sind ein paar Schnipsel!"

„Abwarten. Die Fetzen sollten wir erst einmal untersuchen. Sieh mal, da vorn brennt noch Licht!“ Jakob deutete auf ein erleuchtetes Fenster im Spital. Die beiden kauerten sich davor. Jakob breitete seinen Schatz aus und glättete vorsichtig die Schnipsel.

Immer wieder schob er die Pergamentstücke an andere Positionen, versuchte sie zusammenzufügen – wie bei einem Puzzle. Plötzlich huschte ein Lächeln über sein Gesicht: „Ich hab’s doch geahnt – unser Einsatz war nicht umsonst!“

? *Was stand auf dem Pergament?*

Rätselhafte Zeichen

Als die Sonne aufging, waren Anna und Jakob samt Felix wieder auf dem Weg ins Kloster. Jakob musste zum Unterricht beim feisten Udalrich. In Gedanken ging er die Vokabeln durch, die er gestern mehr schlecht als recht gelernt hatte. Anna hatte andere Sorgen. Der Vater hatte ihr aufgetragen, sich in den Ställen des Klosters zu verdingen. Doch nie wusste Anna, ob man Arbeit für sie hatte oder ob man sie einfach nur wegjagte.

Im Kloster herrschte noch mehr Gedränge als am Tag zuvor. Vor der Novizenschule stoppten die Kinder. Sie hofften, dass sie Benni treffen würden. Und so war es auch. Sie zogen den Novizen zur Seite.

„Die wollen die Schätze der Sakristei rauben?“, fragte Benni fassungslos.

„Ja, die Schnipsel lassen darauf schließen. Jetzt wissen wir auch, warum die Diebe nicht geflohen sind, nachdem sie die Bücher gestohlen hatten. Sie wollen noch mehr Beute machen! Und die Wachen tappen im Dunkeln. Benni, du musst mit dem Abt reden!“, rief Jakob.

Der Novize wand sich: „Was ist, wenn er mir nicht glaubt? Man hat mir gerade meine Strafe erlassen. Ich will nicht wieder Redeverbot und Prügel bekommen."

„Du musst ihn warnen, es ist deine Pflicht", meinte auch Anna. „Sonst werden wir es tun!"

„Gut, ich mache es." Bennis Augen weiteten sich. „Wenn ich nur an die herrlichen Dinge in unserer Sakristei denke: mit Edelsteinen besetzte Kronen, Schnitzereien aus Elfenbein, kostbarste Evangeliare, golddurchwirkte Paramente! Einmalige Bücher in der Minuskelschrift, versehen mit goldkolorierten kleinen Bildern."

„Na also, die willst du doch nicht diesen Dieben überlassen, oder?“ Jakob betrachtete die Diskussion für beendet.

„Nein, natürlich nicht. Nach dem Gottesdienst zur Terz will ich den Abt ansprechen“, nahm sich der Novize vor.

Anna verdrehte die Augen: „Manchmal habe ich den Eindruck, euer Leben besteht nur aus Gottesdiensten.“

„Du übertreibst“, sagte Benni nachsichtig. „So viele sind es nun auch nicht. Nach der Mette in der Nacht folgt die Laudes, die bei Anbruch der Dämmerung endet“, erklärte der Junge. „Und kurz bevor es richtig hell wird, so gegen sieben Uhr, treffen wir uns zur Prim, die wir die erste Stunde nennen. Gegen neun Uhr folgt die Terz, um zwölf die Sext, um zwei Uhr die None. Den Abschluss bilden Vesper und Komplet.“

„Oje“, stöhnte Anna. „Ich würde vermutlich ständig etwas vergessen oder zu spät kommen.“

Jetzt mischte sich Jakob ein: „Die Gefahr sehe ich bei unserem Freund Benni allmählich auch. Lauf und unterrichte den Abt, bevor du wieder unangenehm auffällst.“

„Ich eile!“, rief der Novize und verschwand.

Einige Stunden später saß der Junge im Refektorium, dem Speisesaal der Glaubensbrüder, schweigend beim Essen. Die Mönche hockten an langen Tischen. Richbod, der Abt, weilte im Gästehaus, um mit hochrangigen Besuchern zu speisen, die anlässlich des Besuches von Karl dem Großen gekommen waren.

Das Gespräch mit Richbod war aus Sicht des Novizen ein Reinfall gewesen. Der Abt hatte ihm keinen Glauben geschenkt und Benni einen Narren genannt. Der Novize hatte sich klein, dumm, aber vor allem ungerecht behandelt gefühlt. Er war ein Junge, der leicht aufbrauste. Nur mit Mühe hatte er sein Temperament zügeln können. Denn von den Novizen wurde ein absoluter, vollkommener Gehorsam gegenüber dem Abt erwartet. In naher Zukunft würde Benni vor dem versammelten Konvent diesen unbedingten Gehorsam – *oboedientia* genannt – feierlich versprechen müssen. Nun saß der Novize enttäuscht und blamiert im Speisesaal und löffelte ohne Appetit eine fade Gemüsesuppe.

Während der Mahlzeit hatte absolute Ruhe zu herrschen. Nur der Mönch, der zum Vorlesen bestimmt war, durfte seine Stimme erheben. Also bedienten sich die Glaubensbrüder der Zeichensprache, wenn sie etwas brauchten. Theodulf, der Bibliothekar, formte mit Daumen und Zeigefinger einen Kreis – und schon reichte ihm jemand das Brot. Als Benni ein Stück Käse wollte, das am anderen Ende des Tisches lag, rieb er die Hände aneinander und erhielt prompt das Gewünschte.

So verlief das karge Mahl in seinen gewohnten

Bahnen, bis Benni etwas auffiel. Bruder Angilbert, als Sacratarius für die Sakristei verantwortlich, saß etwas abseits von den anderen und gab auch Zeichen. Allerdings schien ihm, halb versteckt, daran gelegen, dass man ihn dabei nicht beobachtete. Jedes Mal sah er sich kurz um, bevor Bewegung in seine Finger kam. Außerdem gab der Sacratarius die Zeichen nicht zu einem Mitbruder, sondern zum Fenster hin! Dort bemerkte Benni eine Gestalt. Ihn schauderte: Das Mönchsgewand verdeckte das Gesicht!

Der Mönch ohne Gesicht!, durchfuhr es den Novizen. Gelähmt vor Schreck, starrte er weiter auf die beiden Brüder.

Angilbert faltete rasch die Hände, machte dann das Zeichen für die Eins. Die Kapuze am Fenster nickte. Zwei schlanke Hände tauchten im Fensterrahmen auf, dann wieder die Zeichen Beten und Eins.

Der Mönch ohne Gesicht hatte die Botschaft bestätigt! Schon war der Schatten verschwunden – wie ein Spuk. In diesem Moment wandte sich der Sacratarius in Bennis Richtung. Blitzschnell senkte der Novize den Blick, löffelte zitternd seine Suppe. Er wagte einige Minuten lang nicht aufzuschauen. Ihm war, als starre ihn Angilbert unverwandt an.

War der Sacratarius etwa der Komplize vom Mönch ohne Gesicht? Benni dachte an die Nacht zurück, in der er die beiden Verdächtigen nach dem Gottesdienst verfolgt hatte. Von der Gestalt her – groß und hager – könnte Angilbert einer der Männer gewesen sein. Gedankenverloren tunkte der Novize das Brot ein. Angilbert hatte den Schlüssel zu den Schätzen in der Sakristei. Das würde auch mit den Pergamentstücken zusammenpassen, die Jakob gefunden hatte.

Benni hob den Kopf ein wenig. Angilbert beachtete ihn nicht, trank aus seinem Weinbecher. Ein Viertelliter stand den Mönchen pro Tag zu.

Der Junge entspannte sich ein wenig, grübelte weiter. Musste er jetzt nicht erneut den Abt aufsuchen? Aber was sollte er ihm sagen? Dass er Angilbert dabei beobachtet hatte, wie dieser seltsame Zeichen gegeben hatte? Das konnte der Sacratarius jederzeit abstreiten. Benni hatte keine Zeugen, er konnte seinen Verdacht nicht belegen. Dem Novizen würde eine weitere harte Strafe drohen.

Plötzlich stieß ihn sein Nachbar unter dem Tisch an und deutete mit dem Kopf zum dicken Bruder Udalrich, der Benni schräg gegenüber saß. Der Lehrer machte mit seinen Händen eine Schwimmbewegung. Benni begriff und reichte den Fisch herüber. Der Novize fiel in seine Grübelei zurück. Nein, er konnte noch nicht zum Abt. Er fehlten einfach die Beweise. Beweise, Belege, Hinweise – Zeichen. Was hatte Angilbert seinem Komplizen in der Zeichensprache mitgeteilt? Versonnen kaute der Junge auf dem Graubrot herum. Plötzlich huschte ein Lächeln über sein Gesicht. Er wusste jetzt, um welche Uhrzeit die Täter zuschlagen wollten.

? *Wann wollen die Täter zuschlagen?*

Auf der Lauer

Benni traf seine Freunde kurz vor dem Komplet. Seine Wangen glühten vor Aufregung, als er ihnen von seiner Entdeckung erzählte.

„Natürlich, die Prim! Das wäre gegen sieben Uhr. Lasst uns gleich zum Abt gehen!“ Jakob war kaum noch zu halten.

„Aber wir wissen doch noch nicht an welchem Tag“, bremste ihn Anna.

„Leider. Und ausgerechnet Bruder Angilbert steckt mit ihm unter einer Decke. Er hat doch die Schlüssel zur Sakristei!“, meinte Benni verzweifelt.

„Lass den Kopf nicht hängen. Wir werden nicht zulassen, dass die Schätze geraubt werden!“, erwiderte Jakob entschlossen.

Benni sah ihn müde an: „Ach ja? Und wie willst du das anstellen? Drei Kinder gegen den Mönch ohne Gesicht? Der kennt keine Skrupel. Er wird uns garantiert töten!“

„Wir werden die Sakristei bewachen“, schlug Jakob vor. „Und wenn die Täter dort eindringen wollen, schlagen wir Alarm und holen Hilfe. So besteht keine direkte Gefahr für uns.“

„Gute Idee.“ Anna war einverstanden. „Wir zwei sind dabei!“ Sie deutete auf Felix, der an ihr hochsprang. Das Mädchen nahm ihn auf den Arm. „Seht ihr?“

Am nächsten Morgen färbte sich der Himmel blutrot. Es war kurz vor Sonnenaufgang. Anna und Jakob saßen im Schutz einer alten Eiche und beobachteten die Sakristei. Es war empfindlich kühl. Der Junge sah, dass Anna in ihrem zerschlissenen Kittel fror. Er bot ihr seinen Mantel an, doch sie lehnte ab: „Es geht schon.“ Das Mädchen schnappte sich einen kleinen Stock und warf ihn in hohem Bogen weg. Sofort rannte Felix hinterher. Sein Stummelschwanz bebte vor Freude, seine Ohren waren gespitzt.

Jakob richtete sein Augenmerk wieder auf die schwere Holztür vor der Sakristei. Was wäre, wenn die Täter von innen an die Schätze herankamen – so, wie es ihnen in der Bibliothek gelungen war? Und was wäre, wenn sie durch die Kirche entkommen wollten? Nein, entschied Jakob. Das wäre zu kühn, zu riskant. Seiner Meinung nach würden die Täter den schnellsten Weg wählen. Der führte an dem Baum vorbei, hinter dem sich die Kinder versteckt hielten.

Am Horizont wurde es langsam heller. Die Sonne war endgültig erwacht und eroberte den Himmel. Nun konnte es nicht mehr lange dauern, bis die Glocke zur Prim rief. Würde der Mönch ohne Gesicht heute zuschlagen? Jakob war davon überzeugt. Denn wenn Karl der Große erst einmal im Kloster war, hatten es die Diebe schwerer. Schließlich zogen im Gefolge des Kaisers auch jede Menge Krieger mit.

Anna schien keinen tief schürfenden Gedanken nachzuhängen. Sie spielte mit ihrem Hund. Wieder und wieder flitzte Felix auf seinen kurzen, krummen Beinen dem Stück Holz hinterher und brachte es zurück. Dann setzte er sich brav hin, legte die Beute ab und sah Anna mit seinen großen braunen Augen so lange bittend an, bis das Mädchen das Stöckchen erneut warf. Jetzt flog es ganz in die Nähe der Sakristei.

„Bist du verrückt? Du wirst uns noch verraten!“, zischte Jakob ärgerlich.

Felix sauste seinem Spielzeug hinterher.

Plötzlich hörten die Kinder einen unterdrückten Fluch: „Verschwinde, du hässliche Töle.“

Anna und Jakob drückten sich dicht an den mächtigen Stamm des Baumes und spähten Richtung Sakristei. Sie fuhren augenblicklich zurück. Angilbert stand an der Tür und trat wütend nach Felix. Der Hund umkreiste den Mönch kläffend und versuchte, ihn ins Bein zu beißen.

„Ich hab’s geahnt: Jetzt fliegen wir auf“, flüsterte Jakob wütend.

„Unsinn, lass mich nur machen“, erwiderte Anna. Sie stieß einen leisen Pfiff aus. Felix ließ von dem Mönch ab und rannte Richtung Eiche.

Der Junge konnte es nicht fassen: „Na toll, jetzt lockst du Felix auch noch hierher!“ Angst stieg in ihm auf. „Angilbert wird uns finden!“

Anna tippte sich an die Stirn: „Denkste!“ Blitzschnell hob sie vom Boden einen Ast auf und warf ihn in ein weit entferntes Gebüsch. Bellend verschwand der Hund darin.

„Zufrieden?“, fragte das Mädchen grinsend.

Jakob sagte lieber nichts. Er beobachtete Angilbert. Der Mönch starrte auf das Gebüsch, in das sich der Hund gestürzt hatte. Als Felix nicht wieder auftauchte, griff der Mönch zu dem Schlüsselbund an seinem Gürtel. Er warf einen letzten Blick über die Schulter, dann steckte er einen Schlüssel in das Schloss der Holztür.

„Jetzt geht er rein!“ Jakob stieß Anna aufgeregt in die Seite.

„Psst, halt die Klappe!“, gab das Mädchen zurück.

Der Mönch hielt inne. Er drehte sich langsam um. Angilbert stierte auf die Eiche, hinter der sich die Kinder verbargen.

„Mist, er hat etwas gehört!“, entfuhr es dem Mädchen.

Der Sacratarius kratzte sich am kahl geschorenen Kopf. Dann schloss er die Tür ab und ging auf den Baum zu.

„Jetzt kriegt er uns. Und dein Hund ist schuld!“, flüsterte Jakob.

Anna tippte sich an die Stirn: „Quatsch, du warst zu laut!“

Angilbert war nur noch wenige Meter entfernt. Da begann die Glocke zu schlagen. Sie rief die Mönche zum Gottesdienst.

„Die Prim. Die Stunde vom Mönch ohne Gesicht!“, keuchte Jakob.

Der Sacratarius schien zu überlegen. Dann hastete er zurück zur Sakristei. Erneut schloss er die Tür auf, verschwand kurz, erschien wieder, warf nervöse Blicke nach rechts und links und eilte dann in Richtung Kirche davon.

Die Kinder atmeten auf. Doch in diesem Moment brach Felix aus dem Gebüsch und lief kläffend auf Anna zu.

Angilbert fuhr herum und entdeckte die drei. Wütend lief er auf sie zu. „Was macht ihr hier?“, brüllte der Mönch. „Verschwindet!“

Anna nahm Felix hoch, zog Jakob, der wie erstarrt dastand, am Hemd und rannte weg. Endlich kam auch Bewegung in den Jungen.

„Na wartet, ich werde euch lehren, hier herumzuspionieren!“, gellte die Stimme des Sacratarius hinter ihnen her. Er nahm einen Stein und schleuderte ihn in Richtung der Kinder. Knapp flog das Geschoss an Anna vorbei. Das Mädchen rannte geduckt weiter, sprang über eine niedrige Mauer, ging dahinter mit Felix in Deckung.

Jakob war nicht schnell genug. Der nächste Stein streifte seinen Kopf. Der Junge schrie auf. Etwas

Warmes lief an seinem Ohr herunter. Er warf sich hinter die Mauer, wo Anna lag.

„Oje, du blutest ja!“, erschrak das Mädchen.

„Nur ein Kratzer“, meinte Jakob tapfer. Dennoch hätte er am liebsten geheult. Weniger vor Schmerz als vor Wut. Er blickte vorsichtig über den Rand der Mauer. Angilbert hatte sich umgedreht und lief nun endgültig zur Kirche.

„Den sind wir erst einmal los!“, meinte der Junge erleichtert.

Anna rappelte sich auf: „Na, dann nichts wie zurück zu unserem Posten!“

Die Kinder versteckten sich wieder hinter dem Baum. Anna untersuchte die Wunde an Jakobs Kopf. Es handelte sich nur um eine oberflächliche Verletzung, einen kleinen Riss in der Haut.

„Also, Angilbert steckt auf jeden Fall mit dem Mönch ohne Gesicht unter einer Decke“, stellte Jakob fest.

„Allerdings“, sagte das Mädchen. Sie wandte ihre Augen nicht von der Sakristei.

„Zu dumm, dass wir keinen Beweis haben“, meinte Jakob niedergeschlagen.

„Den haben wir doch!“, rief Anna. „Sieh dich mal genau um!“

Was hat Angilbert vergessen?

Eine geheimnisvolle Botschaft

„Jetzt braucht sich der Mönch ohne Gesicht ja nur noch zu bedienen“, rief Jakob entsetzt, als er die geöffnete Tür erblickte. „Schnell, wir müssen zum Abt, um ihn zu warnen.“ Die Kinder rannten in Richtung Kirche los.

In diesem Moment flog die Tür zur Sakristei auf. Der Mönch ohne Gesicht. Sein Gesicht war verdeckt von der Kapuze. Über der Schulter trug er einen Sack. Er erblickte die Kinder, ließ den Sack fallen, griff in die Kutte. Ein Schwert blitzte auf.

Anna und Jakob stoppten, machten kehrt, rannten fort, weg von der Kirche. Sie begannen, um Hilfe zu rufen.

Der Dieb stieß einen derben Fluch aus. Er lief zu der Birke, an die er seinen Rappen gebunden hatte. Schnell sprang er auf das schwere Ross und stieß ihm die Sporen tief in die Flanken. Das Pferd bäumte sich auf. Dann stob es los. Der Mönch ohne Gesicht lenkte den schnaubenden Rappen auf die Fliehenden zu.

Der Boden bebte unter den Hufen des mächtigen Tieres.

Die Kinder liefen um ihr Leben. Jakob fand hinter einem Felsen Deckung. Anna wollte ihm folgen, geriet aber auf einer Wurzel ins Straucheln. Sie stürzte, schlug sich die Knie auf. Mühsam kam sie hoch, warf einen Blick zurück. Der unheimliche Reiter kam rasch näher. Er stieß ein helles, höhnisches Lachen aus. Gleich würde Anna die scharfe Klinge des Schwertes treffen. Das Mädchen schrie gellend. Der Mönch ohne Gesicht holte weit aus.

„Wirf dich flach hin!“, brüllte Jakob verzweifelt.

Anna gehorchte. Der Rappe setzte über sie hinweg. Haarscharf sauste das Schwert am Kopf des Mädchens vorbei. Pferd und Reiter verschwanden samt der Beute in einer Staubwolke.

Jakob lief zu seiner Freundin: „Alles klar?“

Das Mädchen klopfte sich den Dreck aus dem Kleid: „Ich bin noch ganz. Zum Abt, los!“

Richbod staunte nicht schlecht. Noch nie hatte es jemand gewagt, einen Gottesdienst in seiner Kirche zu stören. Aber Jakob sagte nur vier Worte: „Einbruch in die Sakristei!“

Augenblicklich schlug der Abt Alarm. Minuten später wimmelte es in der Klosteranlage von Männern, die den Dieb jagten. Die Wachen verschlossen die Tore, aber es war zu spät. Es wurde weder eine Spur vom Reiter noch von seiner Beute gefunden: mit Gold und Edelsteinen verzierte Schalen, Kelche und Kruzifixe. Auch Angilbert schien verschwunden.

Richbod bat die drei Kinder zu sich und ließ sie ausführlich zu Wort kommen.

„Der Mönch ohne Gesicht? Gott steh uns bei", sagte der Abt entsetzt. „Wer außer euch weiß davon, dass dieser Dieb unser Kloster heimgesucht hat?"

„Niemand“, erwiderte Jakob überzeugt. „Außer seinem Komplizen natürlich.“

Der Abt begann, im Raum auf und ab zu gehen. Dann wandte er sich an den Novizen: „Dennoch mussten wir dich bestrafen, Benedictus, als du in der Nacht fortliefst.“ Richbods Stimme war wieder gefasst und streng. „Dein ungestümes wie ungebührliches Verhalten ließ uns keine Wahl. In Zukunft hast du dich zu mäßigen. *Carpe diem,* nutze den Tag, aber nutze ihn in Einklang mit Gott und seinen Gesetzen.“

Der Junge blickte zu Boden. Er war erfüllt von Demut, aber auch von Stolz.

„Geht nun. Ich danke euch. Und überlasst die Suche nach den Tätern den Erwachsenen.“

Benni, Jakob und Anna wollten sich gerade zurückziehen, als zwei Mönche den Sacratarius hereinbrachten.

Als dieser die Kinder sah, kniff er die Lippen zusammen und schaute sie grimmig an.

„Bruder Angilbert, wir haben überall nach dir gesucht“, begrüßte ihn der Abt kühl.

„Entschuldigt“, erwiderte der Sacratarius unterwürfig. „Ich habe Magenschmerzen. Deshalb war ich im Heilkräutergarten, um dort ein Mittel für einen lindernden Trank zu finden.“

Die Kinder warfen sich viel sagende Blicke zu. Sie hielten sich unauffällig im Hintergrund.

„So? Das lässt sich überprüfen“, sprach Richbod.

„Überprüfen?“ Angilberts Stirn lag in Falten. „Hegt Ihr etwa Zweifel an meiner Aussage?“

Der Abt lächelte hintersinnig: „Durchaus, Bruder. Und jetzt geh ins Dormitorium, und verweile dort, bis wir dich rufen. Die übrigen Mönche und ich werden uns in den Kapitelsaal zur Beratung zurückziehen. Du weißt ja: Tu alles mit Rat, dann brauchst du nach der Tat nichts zu bereuen.“

„Hat mich dieses Pack in Verruf gebracht?“, brauste der Sacratarius auf und deutete auf die drei Freunde und den Hund. Felix begann zu knurren.

„Schweig!“, herrschte Richbod den Glaubensbruder an. „Geh ins Dormitorium! *Stante pede!*“

„Stante was?“, fragte Anna leise.

„Stante pede heißt sofort“, gab Benni ebenso leise zurück.

„Darf ich wenigstens noch erfahren, was vorgefallen ist?“, ließ sich noch einmal Angilbert vernehmen.

„Übe dich in Geduld. Hinaus. Für euch Kinder gilt dasselbe.“

Die Freunde rannten aus dem Gotteshaus. Sie versteckten sich hinter einer Säule und sahen, wie Angilbert den Weg zum Schlafgemach einschlug. Er wurde vom feisten Bruder Udalrich begleitet. Die beiden sprachen kein Wort miteinander.

„Meint ihr, Angilbert versucht zu türmen?“, fragte Anna.

„Gut möglich. Ich glaube nicht, dass der dicke Udalrich ihn aufhalten könnte“, meinte Jakob respektlos und grinste.

„Wir sollten hier vor dem Eingang bleiben“, schlug Benni vor. Die anderen waren einverstanden.

Eine Stunde verging, ohne dass sich etwas ereignete. Dann preschte ein berittener Bote heran. Als er die Kinder vor dem Dormitorium erblickte, zügelte er sein Pferd und fragte sie: „Wisst ihr, wo ich einen Mönch namens Angilbert finde? Ich habe eine Nachricht für ihn.“ Der Reiter wedelte mit einem braunen, versiegelten Schreiben.

Die Freunde sahen sich überrascht an. Benni sagte schließlich: „Bruder Angilbert ist im Dormitorium gleich hier oben.“ Er deutete auf das erste Stockwerk.

„Im Schlafraum um diese Zeit?“ Der Bote schüttelte den Kopf. „Mönch müsste man sein.“ Dann lief er hinauf.

Kaum war der Reiter verschwunden, meinte Jakob: „Ich wüsste ja nur zu gern, was in diesem Schreiben steht.“

„Bestimmt etwas Wichtiges. Angilbert wird den Brief sicherlich irgendwo verstecken“, argwöhnte Anna.

„Sollen wir nicht mal nachschauen?“, wisperte Benni unternehmungslustig.

„Du willst dich hochschleichen?“, fragte Jakob.

„Klar, du und ich, wir gehen!“, schlug der Novize vor. „Anna kann unmöglich mit ins Dormitorium.“

Das Mädchen nickte: „Schon gut. Felix und ich

warten hier." Sie strich dem kleinen Hund über den Kopf.

Auf leisen Sohlen pirschten Jakob und Benni in den ersten Stock und spähten in das Schlafgemach. Angilbert saß auf seiner Binsenmatte und hatte die Hände zum Gebet gefaltet. Vom braunen Schreiben war nichts zu sehen. Bruder Udalrich starrte aus dem Fenster. Es herrschte eine trügerische Stille.

Jakob sah Benni fragend an. Der Novize machte ein Zeichen, dass sie wieder hinabgehen sollten. Jakob nickte. Er wandte sich zum Gehen. Dabei klimperten die Münzen in seinem Geldbeutel.

Mit einem Satz war Angilbert an der Tür. Dort erwischte er die Jungen. „Ihr schon wieder! Habt ihr mir nicht schon genug Ärger eingebracht?" Er zog Benni am Ohr.

Nun kam der dicke Udalrich hinterher. Er schnappte sich Jakob und meinte fast fröhlich: „Ah, mein gänzlich missratener Schüler. Es wird Zeit, dir nicht nur Vokabeln einzubläuen, sondern auch gutes Benehmen. Dazu gehört zweifellos nicht das Herumschleichen in fremden Gemächern." Er gab ihm eine schallende Ohrfeige.

„Haltet ein!", flehte Jakob. Auch Benni begann zu jammern. Als Antwort verdrehte der Sacratarius das

Ohr des Jungen noch weiter. Es nahm die Farbe einer reifen Erdbeere an. „Dich will ich lehren, falsche Verdächtigungen über mich zu verbreiten!“, brüllte Angilbert. „Damit du es dir merkst: Ich habe mit dem Mönch ohne Gesicht nichts zu tun! Ich war beim Gottesdienst, als es passierte. Meine Mitbrüder werden zu dem Schluss kommen, dass ich unschuldig bin.“

„Aber Ihr habt die Tür zur Sakristei offen gelassen!“, begehrte der Novize auf.

„Na und?“, lachte der Mönch. „Vielleicht habe ich vergessen, sie abzuschließen. Das besagt nichts!“

Die Schmerzen an Bennis Ohr wurden unerträglich. In seiner Not trat er dem Sacratarius vors Schienbein. Der schrie auf und ließ den Jungen los. Auch Jakob gelang es, sich von Udalrich loszureißen. Zusammen flitzten sie die Treppe hinab. Die Mönche blieben am Absatz stehen und riefen ihnen Verwünschungen hinterher.

Außer Atem gelangten Jakob und Benni zu Anna. „Und?", fragte das Mädchen mit großen Augen.

„Er hat mir das Ohr fast abgerissen", jammerte Benni.

Jakob rieb seine glühende Wange: „Ich hab auch was abgekriegt. Aber der Besuch hat sich gelohnt. Denn Angilbert hat sich endgültig verraten. Das wird den Abt interessieren."

? *Wodurch hat sich Angilbert verraten?*

Jagdzeit auf dem Markt

Jakob rannte Richtung Kapitelsaal, die Freunde im Schlepptau.

„Nun sag schon, lass mich nicht blöd sterben!“, rief Benni. „Was hat denn Angilbert groß gesagt? Er hat sich doch nur verteidigt!“

„Genau, raus mit der Sprache!“, meinte auch Anna.

„Richtig, Angilbert hat sich verteidigt. Jedoch nicht gerade überzeugend. Er hat nämlich vom Mönch ohne Gesicht gesprochen. Aber von dem war vorher nie die Rede! Gesehen haben kann Angilbert ihn auch nicht, denn er war ja beim Gottesdienst.“

Kurz darauf waren der Abt und die anderen Mönche unterrichtet. Eine Abordnung stürmte Richtung Schlafraum, um Angilbert den Wachen zu übergeben.

Doch der Sacratarius wurde durch das Geschrei, das rasch näher kam, gewarnt.

Den heranstürmenden Glaubensbrüdern bot sich ein merkwürdiges Schauspiel: Udalrich flog wie ein dicker Puter aus dem ersten Stock und landete weich inmitten einer Fuhre Mist, die gerade unter dem Fenster entlanggekarrt wurde.

Für einen Moment tauchte Angilbert im Rahmen auf. „*Mea culpa,* meine Schuld“, rief er dem schimpfenden Udalrich zu. „Aber das hat richtig Spaß gemacht!“ Dann verschwand Angilbert.

Eine Minute später erreichte Benni als Erster den Schlafraum.

„Niemand mehr da!“, keuchte er. „Angilbert ist getürmt, das gibt es doch gar nicht!“

„Hier ist er lang!“, brüllte eine helle Stimme. Die Verfolger blickten auf den Weg hinunter. Dort stand Udalrich, über und über mit Mist bekleckert. Der dicke Mönch deutete zum Klosterausgang. „Ich habe Angilbert in diese Richtung fliehen sehen.“

Jakob biss sich auf die Lippen, um nicht laut herauszuprusten. Rasch lief er mit den anderen wieder auf die Straße. Eine kleine Menschentraube hatte sich um Udalrich versammelt.

„Angilbert hat mich ans Fenster gelockt und dann hinausgestoßen“, beschwerte sich Udalrich. „Ist das nicht eine Gemeinheit?“

Einige der Umherstehenden nickten. Die meisten aber rümpften die Nasen und lächelten. Unter diesen war auch der Spaßmacher Liafwin. Sein Lachen klang wie das Meckern einer Ziege, als er dichtete:

„Es kam einmal im hohen Bogen
ein dickes Mönchlein angeflogen.
Und landete, wie ihr wohl wisst,
in einer Fuhre altem Mist!“

Udalrich schien den Spott gar nicht zu hören. Würdevoll, den Kopf trotzig erhoben, stapfte er zum Badehaus.

Unterdessen verfolgten viele Mönche und Wachen, drei Kinder und ein Hund den fliehenden Sacratarius. Angilbert kam es gelegen, dass in der Klosteranlage dichtes Gedränge herrschte. Die Wege und Pfade waren voller Menschen, Tiere und Karren und gesäumt von Ständen. Für eine Person war es leichter, durch dieses Chaos hindurchzuschlüpfen, als für die Schar der Verfolger. Ganz vorne rannten die Kinder und der Hund.

„Da ist er!“, brüllte Benni und deutete auf einen Stand mit feinem Tuch.

Der Sacratarius tauchte zwischen den Stoffen unter. Er packte eine Rolle mit Seide und schleuderte sie auf die Kinder, die ins Stolpern gerieten. Dann riss der Mönch einen voll beladenen Tisch um. Die edlen Stoffe ergossen sich vor die Füße seiner Verfolger. Die Kinder kletterten über die Ware, wühlten sich hindurch. Der Kaufmann raufte sich verzweifelt die Haare. Sekunden später trampelte der Tross der Mönche und Wachen über das schöne Tuch.

„Nein!“ Der Händler schien nun dem Wahnsinn nahe.

Keiner hatte Mitleid mit ihm. Schon gar nicht Angilbert. Der Mönch hatte sich einen leichten Vorsprung erkämpft. Lachend sauste er weiter. Da rutschte er in einer Pfütze mit Seifenlauge aus und prallte gegen einen Stand, auf dem Honigtöpfe aufgebaut waren. Sie schepperten zu Boden, klebrige Süße machte sich breit. Anna, Jakob, Benni und Felix setzten mit weiten Sprüngen über die Lachen. Nicht so Richbod und seine Männer. Sie stapften mitten in den Honig. Manche verloren ihre Schuhe, blieben stehen, bückten sich, wurden von den Nachfolgenden gerammt, fielen in den Dreck, schimpften.

Angilbert flitzte unterdessen weiter.

„Haltet ihn, er ist ein Dieb!“, brüllte Richbod.

Doch leider kam niemand im Volk auf die Idee, dass damit ein Mönch, ein ehrfürchtiger Diener Gottes, gemeint sein könnte. So konnte sich der Fliehende mehr oder weniger unbehelligt seinen Weg durch die Menge bahnen. Angilbert erreichte die Obstgärten, wo gerade die Äpfel geerntet wurden. Der Mönch riss einen der schweren Körbe um und schüttete die Früchte mitten auf den Weg. Prompt rutschte Benni auf einem Apfel aus und fiel hin. Jakob half ihm auf, und weiter ging die Jagd. Nur noch zehn Meter trennten die Kinder vom Sacratarius. Der bückte sich in diesem Moment, packte einen dicken Apfel und warf ihn auf seine Gegner. Anna bückte sich im letzten Moment und hörte hinter sich einen Schrei. Die Frucht war genau auf der Nase des heranstürmenden Richbod gelandet.

„Jetzt reicht's!“, schrie Benni wild entschlossen. „Auge um Auge, Zahn um Zahn – und Apfel um Apfel!“ Der Novize griff mit beiden Händen in einen Weidenkorb und feuerte eine Frucht nach der anderen auf Angilbert. Er traf ihn gleich mehrfach.

Aber der Mönch schlug jetzt Haken und bewies dabei eine erstaunliche Geschicklichkeit. Wie bei einem Slalom rannte er durch die Bäume, dann über den Friedhof, er trampelte durch den Gemüsegarten und gelangte schließlich zu den Geflügelställen. Hühner, Enten und Gänse stoben in alle Richtungen, als der Mönch durch sie hindurchsprintete. Federn flogen, es erhob sich ein fürchterliches Geschnatter und Gegacker.

„Nicht zu fassen, wie schnell der ist!“, rief Anna anerkennend. Felix rannte hechelnd neben ihr her.

Auch der Trupp der Mönche und Wachen walzte sich nun durch die Stallungen. An manchen mit Honig verschmierten Schuhen klebten plötzlich Federn.

Angilbert lief inzwischen wieder in Richtung der dicht gedrängten Marktstände. Blitzschnell öffnete er das Gatter eines dösenden Viehhändlers, der Schafe feilbot. Die Schafe blökten, bockten, sprangen. Sie stürmten in Panik durch das Gedränge. Zelte stürzten um, Stände krachten zusammen, Holz splitterte, Tontöpfe klirrten, Fässer kippten, das Geschrei der Marktweiber und Händler war ohrenbetäubend. Doch die Kinder ließen sich nicht abschütteln. Sie sahen, wie der Fliehende das rechteckige Gebäude mit dem Wein- und Bierkeller der Mönche erreichte. Dabei verlor er etwas Braunes.

„Da – der Brief!“, schrie Benni. Er lief hin, bückte sich und steckte das Schriftstück in seine Kutte.

Der Sacratarius war in den Gewölben verschwunden. Als die Kinder hereinkamen, herrschte dort eine fast feierliche Stille, verglichen mit dem Getöse draußen. Nur Sekunden später war es damit vorbei, denn Richbod und seine Männer platzten herein.

„Wo ist der gottlose Kerl?“, knirschte der Abt wütend und außer Atem. „Weit kann er nicht sein. Denn es gibt hier nur einen Zugang. Seht in den leeren Fässern nach!“

Und so wurde ein Wein- und Biergefäß nach dem anderen untersucht. Felix beteiligte sich an der Suche, die Nase dicht auf den Boden gepresst. Plötzlich schlug er vor einem großen Fass an. „Hierher, Felix hat eine Spur!“, rief Anna aufgeregt.

Richbod eilte herbei. Das Fass wurde geöffnet – und Angilberts kahler Kopf tauchte auf.

„Nehmt ihn fest!“, befahl der Abt. Dann beugte er sich zu dem Hund hinab: „Gut gemacht, mein Kleiner. *Valde bona!*“

Während der Sacratarius abgeführt wurde, zog Benni den geheimnisvollen Brief aus seiner Kutte und öffnete ihn. Die Freunde schauten dem Novizen über die Schulter.

„Was soll denn das heißen?“, rätselte Jakob.

„Eine Geheimschrift“, ahnte Anna. „Bestimmt eine Botschaft vom Mönch ohne Gesicht. Nachdem er die Schätze der Sakristei geraubt hatte, schickte er seinem Komplizen diese Nachricht. Vielleicht enthält sie einen Hinweis, wo sie sich treffen wollen.“

Benni und Jakob murmelten die Buchstaben immer wieder vor sich hin. „Du sagst es“, triumphierte Benni plötzlich. „Ich hab das Rätsel gelöst. Ich weiß, was die Buchstaben bedeuten könnten!“

? *Wo wollen sich die Täter treffen?*

Am Galgenberg

„Nicht schlecht. Der Mönch ohne Gesicht hat einfach die Vokale weggelassen! *Treffpunkt Galgenberg heute Mitternacht* hat er geschrieben“, übersetzte der Novize. „Er hat wohl dem Boten nicht getraut und deshalb eine Geheimschrift verwendet.“

„Der Galgenberg, wie unheimlich“, meinte Jakob. „Ob sie sich da treffen wollen, um die Beute zu teilen? Vielleicht ist ja dort auch der Schatz versteckt!“

„Möglich. Oder der Mönch ohne Gesicht hat sich da verkrochen. Das sollten wir auf jeden Fall überprüfen“, schlug Anna vor.

Die Jungen starrten sie entgeistert an: „Du willst doch nicht etwa dahin? Niemand wagt sich zum Galgenberg!“

„Warum nicht? Ich jedenfalls habe keine Angst!“, sagte Anna entschlossen.

„Wir müssen aber den Abt informieren!“, warf Benni ein.

„Ach was. Das schaffen wir schon allein. Und wenn wir mit unserer Vermutung falsch liegen, kann uns auch niemand auslachen“, verteidigte Anna ihre Idee.

Schließlich stimmten Jakob und Benni zu.

„Ich werde heute Abend eine Strohpuppe auf mein Lager im Dormitorium legen, damit niemand mein Ausbüchsen bemerkt“, überlegte der Novize. „Aber zur Mette muss ich unbedingt zurück sein!“

Fahl hing der Vollmond am Himmel. Er strahlte ein kaltes, abweisendes Weiß aus, nicht das Gelb, das so oft besungen wurde. Kühl war auch der Wind. Die drei Kinder rückten unwillkürlich zusammen, als sie kurz vor Mitternacht auf dem Pfad Richtung Galgenberg unterwegs waren. Rechts und links säumte ein dichter Wald den Weg. Er wirkte wie eine schwarze, undurchdringliche Wand. Fledermäuse huschten immer wieder über die Köpfe der Wanderer hinweg. Irgendwo – viel zu nah für Jakobs Geschmack – heulte ein Wolf.

Die drei Freunde marschierten schweigend durch

die Nacht. Sogar Felix verhielt sich völlig ruhig. Der Weg führte stetig bergauf. Der Galgenberg lag in der Nähe von Annas Dorf. Schroff erhob er sich aus dem Wald. Ganz oben, weithin sichtbar, ragte der Galgen in den Himmel. Im Mondlicht wirkte er wie der Schatten des Todes. Der Weg auf den Berg war nachts besonders gefährlich. Überall lauerten tiefe Schluchten.

Der Wind nahm zu. Wolken jagten über den Himmel, verdeckten immer öfter den Mond.

Anna räusperte sich und wisperte: „Das Wetter schlägt um. Es wird bald ein Gewitter geben."

Die Jungen nickten. Das hatte ihnen gerade noch gefehlt. Ihre Schritte wurden schwerer. Es kostete sie Überwindung, überhaupt noch einen Fuß vor den anderen zu setzen. Sie näherten sich der Hinrichtungsstätte. Noch hundert Meter, noch fünfzig. Dann waren die Kinder da. Drohend schraubte sich der Galgen vor ihnen in die Höhe. Kalte Sturmböen zerrten an ihren Kleidern. Herbstlaub wirbelte durch die Luft. Ein Grollen, ein Krachen – es begann zu donnern. Felix sprang in Annas Arme.

„Und jetzt?", fragte Jakob. Er zitterte.

Benni deutete auf einen Felsblock: „Dahinter finden wir vielleicht ein wenig Schutz." Die vier Gefährten kauerten sich hin und warteten.

Eine halbe Stunde verging. Dann fielen die ersten Tropfen. Die Kinder hüllten sich in ihre Umhänge, drängten sich aneinander. Plötzlich spitzte Felix die Ohren und begann, leise zu knurren. Die Kinder lauschten angestrengt. Ja, unverkennbar: Hufgetrappel!

Die Freunde lugten über den Felsen. Nichts, nur Schwärze. Da zerriss ein Blitz die Finsternis. Für Sekunden sahen die Gefährten einen Reiter auf einem mächtigen Pferd. Der Mönch ohne Gesicht! Ein wütender Donner folgte.

Im Windschatten eines großen Steins machte der Reiter eine Laterne an. Das Licht tanzte am Fels entlang, und die Freunde ließen sich auf den Boden fallen. Anna drückte Felix dicht an sich. Zu dicht, wie der Hund meinte. Er riss sich los, rannte aus dem Versteck.

„He, wen haben wir denn da?", erklang eine Stimme, die den Kindern irgendwie bekannt vorkam. Anna vergaß jede Vorsicht, spähte erneut über den Felsen und sah, wie sich der Mönch den kleinen Hund schnappte und gegen das Licht hielt. „Dich kenne ich doch!", rief der Mönch, dessen Gesicht von der Kapuze verdeckt war. „Du bist doch die Töle von diesem Bauernmädchen." Er leuchtete die Umgebung ab. „Kommt heraus! Oder ich schneide dem Vieh die

Gurgel durch!“ Der Mönch hatte den strampelnden Hund im Genick gepackt und hielt ihn weit von sich.

Anna gehorchte als Erste. Dann kamen auch die Jungen aus der Deckung.

„Zuerst ein Köter“, lachte der Mönch, „und dann drei Dummköpfe.“ Er stellte die Laterne ab und zog sein Schwert. „Aber immerhin habt ihr mein Versteck gefunden. Hier hat mich bislang niemand gesucht, weil alle Angst vor diesem Ort des Todes haben. Doch nun werde ich diese gastliche Stelle verlassen, die wunderbaren Schätze der Sakristei aus ihrem Versteck holen und mich verabschieden müssen. Mein Freund Angilbert ist ja verhindert, nachdem er sich schnappen ließ. Noch ein Dummkopf. Nun, so muss ich nicht mit ihm teilen.“

Benni nahm all seinen Mut zusammen: „Wer bist du, dass du es wagst, die Schätze unseres Klosters zu stehlen?“

„Entschuldigt“, höhnte der Mönch. „Ich habe mich noch gar nicht vorgestellt.“ Er zog die Kapuze ab.

Die Kinder fuhren zurück – es war Liafwin, der Spaßmacher!

„Tja, gar nicht komisch, wie? Genauso wie das Wetter“, lachte Liafwin hämisch. Inzwischen goss es in Strömen. „Die Rollen des Spaßmachers oder Mönches sind ideal. Man kommt überall hin, wird überall gern gesehen, ist gänzlich unverdächtig. Ideal ist es natürlich, wenn man dann noch ein gieriges Mönchlein wie Angilbert zum Freund hat, der einem die Türen öffnet. Aber ihr werdet verstehen, dass ich es jetzt ein wenig eilig habe." Er packte den Griff des Schwertes fester und zielte auf den Hals des Hundes. „Ich denke, ich fange mit diesem hässlichen Vieh an."

Hässlich? Felix spannte seinen drahtigen Körper wie eine Feder an und entwischte dem harten Griff des Spaßmachers. Dann sprang er den verdutzten Liafwin an und biss ihm tief in die Hand. Der Spaßmacher brüllte auf und ließ die Waffe fallen. Jetzt stürzten sich auch die Kinder auf den falschen Mönch, der das Gleichgewicht verlor und hinfiel. Der kräftige Benni sprang auf Liafwins Brustkorb, Jakob umklammerte seine Beine, und Anna stülpte die Kapuze so über das Gesicht des Spaßmachers, dass dieser nichts mehr sah und kaum noch Luft bekam. Das Mädchen zog aus ihrem Kittel einen Kälberstrick, mit dem sie Liafwin fesselten. Er zappelte wie ein Fisch im Netz. Die Gefährten schleiften den Dieb zu dem Felsen und lehnten ihn mit dem Rücken dagegen.

„Tja, hässlich darf man den süßen Felix eben nicht nennen!", keuchte Anna erschöpft, aber zufrieden. Sie drückte ihm einen dicken Kuss aufs nasse Fell.

„Jetzt müssen wir nur noch das Diebesgut finden!", rief Jakob. „Bloß, wo sollen wir mit der Suche beginnen?"

Da ließ Liafwin ein irres Lachen ertönen und dichtete:

„Eure törichte Hatz
führt doch nie zum Schatz!
Denn ihr seid kleine Kinder
und keine großen Finder!"

Benni wurde zornig: „Das wollen wir erst einmal sehen! Kommt, wir durchsuchen den elenden Kerl."

In der Tasche seiner Kutte stießen die Freunde auf eine Karte. Sie hielten sie in das flackernde Licht.

„Mensch, das ist das Dorf!", rief Anna. „Da ist der Weiher, da der Bach, dort die alte Römerstraße. Und hier, hier ist unser Hof!" Sie wandte sich an Liafwin: „Hast du den Schatz etwa im Dorf versteckt? Raus mit der Sprache!"

Doch der Spaßmacher spottete nur weiter:

„Zu gut ist mein Versteck,
gebt's auf, seid so nett!"

Jakob ballte die Fäuste: „Sollen wir ihn knebeln?"

„Lass ihn doch schnattern!", winkte Benni ab. „Die Scherze werden ihm schon vergehen, wenn er vor dem Abt steht. Wir binden Liafwin auf den Rappen und bringen ihn ins Kloster."

Mit vereinten Kräften wuchteten die Kinder den gefesselten Spaßmacher auf das Pferd und ließen den ungastlichen Ort, so schnell es ging, hinter sich. Die drei merkten jetzt, wie erschöpft und müde sie waren. Nur Liafwin dichtete weiter vor sich hin. Es klang fast fröhlich, als er sprach:

„Ein jeder liebt dies kühle Nass,
dabei ist's kein Bier vom Fass.
Um sich daran zu laben,
musste man einst tief graben.
Es ist so klar und auch so rein,
darin sollte mein Verstecke sein.
Doch findet's ihr nicht im Fluss,
auch der See bringt nur Verdruss!"

Anna hörte nachdenklich zu. Was meinte Liafwin? Redete er nur Unfug? Nein, das glaubte sie nicht, dafür war der Mönch ohne Gesicht zu durchtrieben. Aber auf was spielte er an? Ihr fiel der Lageplan vom Dorf ein. Dort, irgendwo dort, hatte der Dieb die Beute versteckt. Davon war Anna überzeugt. Nur wo? Das Mädchen murmelte die Worte nach, die der Spaßmacher gerade gesagt hatte. Wieder und wieder. Bis sie plötzlich einen Schrei ausstieß.

„Licht, schnell! Gebt mir die La-La-Laterne!", stammelte sie vor Aufregung. Die Freunde gehorchten irritiert. Im Schein der Laterne beugten sie sich über das Pergament. „Hier ist der Schatz versteckt!", meinte das Mädchen mit Überzeugung. Sie deutete auf eine Stelle des Plans.

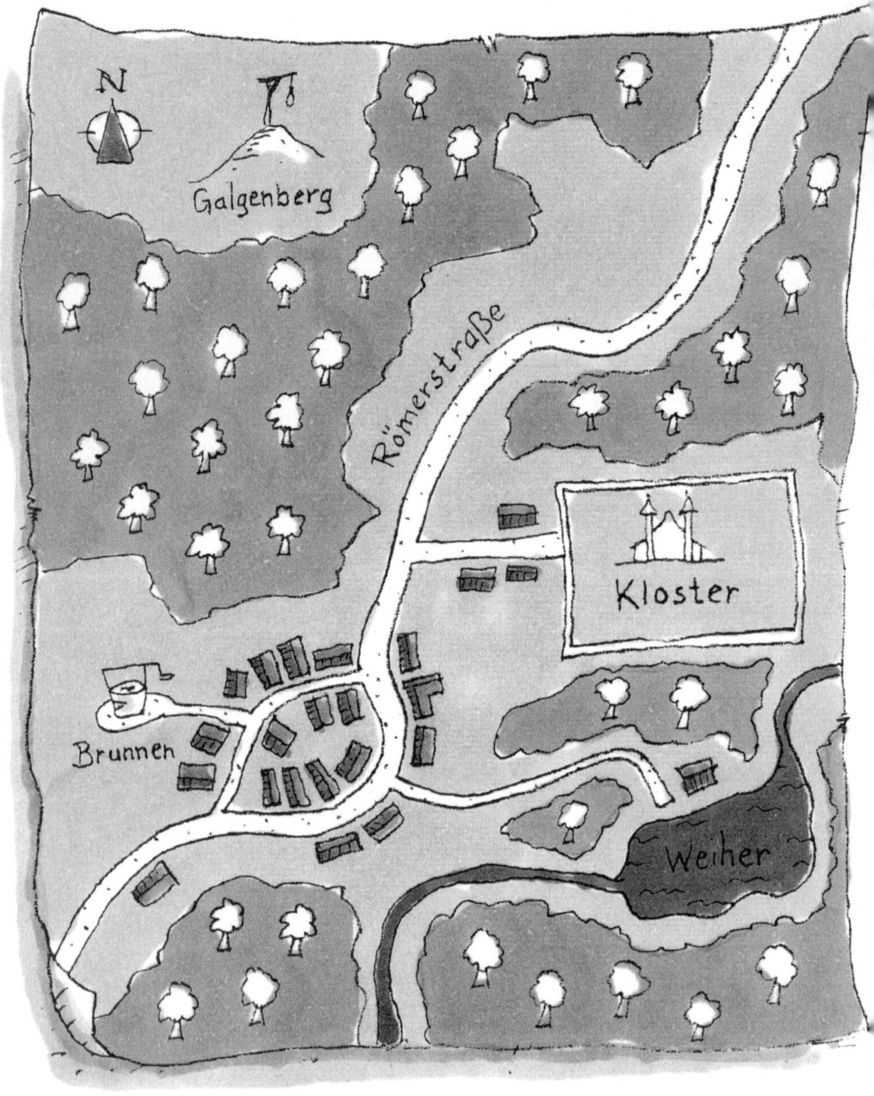

? *Wo hat Liafwin die Schätze versteckt?*

Jedem das seine!

„Mit *kühlem Nass* meinte Liafwin das Wasser!“, erklärte Anna aufgeregt. „Mit *tief graben* sprach er den Brunnen an. Dort hat er die Beute versteckt. Seht, den Brunnen hat er auch auf seinem Plan eingezeichnet! Kein schlechtes Rätsel, aber nicht rätselhaft genug für uns!“ Sie tanzte lachend vor der Nase des gefesselten Diebes herum, der plötzlich finster dreinblickte.

„Aber im Wasser werden die schönen Bücher doch zerstört!“ Benni war entsetzt.

„Keine Sorge. Der Brunnen ist schon lange versandet.“

„Na, dann sollten wir einen kleinen Umweg machen!“, rief der Novize begeistert.

„Genau!“, stimmte Jakob zu. „Wir liefern nicht nur den Dieb, sondern auch seine Beute ab. Auf ins Dorf!“

Nach einer halbe Stunde erreichte der seltsame Zug die ersten Höfe. Der kleine Ort lag in tiefem Schlaf. Unbemerkt erreichten die Kinder den Brunnen.

„Lasst mich an der Kette runter. Und gebt mir die Laterne mit“, meinte Anna. Sie setzte sich rittlings auf den Holzeimer. Vorsichtig drehten die Jungen an der Kurbel, die sich mit einem fürchterlichen Quietschen in Bewegung setzte. Langsam verschwand Anna in der Tiefe. Felix stand am Rand und winselte.

„Hoffentlich geht das gut", flüsterte Jakob.

„Vertraue in Gott", beruhigte ihn Benni.

Jakob grinste in der Dunkelheit: „Tu ich ja. Aber der Herr hat diese Kette nicht gefertigt. Sie ist völlig verrostet. Möge sie das Gewicht aushalten!"

„Sie wird, verlass dich drauf", gab Benni zurück.

„He, ich bin unten!", hallte Annas Stimme kurz darauf aus der modrigen Finsternis. Sie stieg vom Eimer. Der Untergrund war weich und feucht, gab bei jedem Schritt mit einem Schmatzen nach. Etwas huschte über die nackten Füße des Mädchens. Ratten! Anna schloss die Augen. Ruhig bleiben ... Sie hielt die Laterne hoch über ihren Kopf. Da, mehrere lose Steine! Das Mädchen rüttelte daran, bis sie herunterfielen. Dann fasste Anna in das Loch. Ihre Finger erreichten etwas, das sich anfühlte wie eine Kiste. Plötzlich war da ein entsetzliches Kribbeln. Rasch zog sie den Arm zurück. Ein Strom von Asseln wimmelte auf ihm. Anna schrie auf und schüttelte sich.

Du schaffst das schon!, feuerte sich das Mädchen an und griff ein zweites Mal in das Loch, diesmal mit beiden Armen. Anna bekam die Kiste zu fassen und riss sie nach draußen. Der Fund war so schwer, dass er ihr aus den Händen glitt. Die Kiste polterte auf den Boden, der Deckel schnappte auf, und Anna war geblendet: Mit Gold, Silber und Edelsteinen geschmückte Schalen, Kelche, Kruzifixe, Monstranzen und Bücher funkelten vor ihr in einmaliger Pracht und Schönheit. Der Schatz des Klosters!

Am nächsten Morgen herrschte im Kloster Festtagsstimmung. Sogar die Schule fiel aus. Alle fieberten der Ankunft von Karl dem Großen entgegen. Jeden Moment musste der Kaiser eintreffen. Und mit ihm sein großes Gefolge aus Kriegern, Klerikern, Schreibern, Dienern, Knechten und Mägden.

Der Abt stand allein in der Sakristei und betete still. Alle Schätze waren an ihrem Platz. Richbod dankte dem Herrn für diese göttliche Fügung, aber auch für den außerordentlichen Mut der Kinder. Er beschloss, entgegen der strengen Regeln des Klosters den Novizen Benedictus nicht für seinen erneuten nächtlichen Ausflug zu bestrafen.

Auch Theodulf, der Bibliothekar, war glücklich. Er lief aufgeregt zwischen der Bibliothek und dem Skriptorium auf und ab und kontrollierte immer wieder seine Schriften. Ein paar besonders schöne, reich verzierte Bücher in der Minuskelschrift hatte er so gestellt, dass sie der Kaiser gleich sehen musste, wenn er hereinkam. Da Karl der Große ein Mann war, der Bildung viel Bedeutung beimaß, würde er sicher Theodulfs Reich besuchen. Versonnen hielt Theodulf an einem Schreibpult im Skriptorium inne. Darauf ruhte eine herrliche Schrift, ein Evangeliar. Ganz leicht, fast zärtlich fuhr Theodulf über den Einband, auf dem prächtige Metallbeschläge glänzten. Ja, der Kaiser konnte kommen!

In der Tür zur äußeren Schule lehnte der Lehrer Udalrich und hielt seinen beachtlichen Bauch in die milde Herbstsonne, die dem nächtlichen Gewitter gefolgt war. Er war froh, dass er sich heute einmal nicht mit den widerspenstigen Schülern herumschlagen musste. Ausgerechnet Jakob war also einer der Helden, dachte der Lehrer. Das machte Udalrich ein wenig stolz. Offenbar war doch etwas von dem brillanten Unterricht, an dem er den Jungen teilhaben ließ, hängen geblieben. Ein kluges Kerlchen war dieser Jakob, das hatte der Lehrer ja schon immer gewusst. Nur wenn das Gespräch auf die großen römischen Dichter kam, sollte der Junge am besten immer schweigen. Ja, Udalrich war mit sich und der Welt zufrieden. Außerdem freute er sich auf das Festmahl, das zu Karls Ehren ausgerichtet wurde. Die Köche gaben ihr Bestes, davon durfte man getrost ausgehen. Udalrich klopfte in freudiger Erwartung auf seinen Bauch.

Die drei Freunde saßen auf einer Anhöhe beim Klostereingang. Immer wieder spähten sie den gewundenen Weg hinunter, auf dem Karl der Große kommen musste.

„Na, wie sehe ich aus?“, fragte Anna zum wiederholten Male. Sie drehte sich in neuen Kleidern und Schuhen vor den Jungen. In ihrem Haar funkelte eine silberne Spange. Felix sprang aufgeregt um sie herum.

„Wunderbar, wie eine Prinzessin!“, lobten Jakob und Benni. Sie hatten dem Mädchen ihre Anteile an der Belohnung, die auf die Ergreifung des Mönchs ohne Gesicht ausgesetzt gewesen war, geschenkt.

Benni hatte sich als Novize ohnehin zum Verzicht auf irdische Güter verpflichtet. Und Jakob hatte für sich entschieden, dass die Tochter eines armen Bauern das Geld eher nötig hatte als der begüterte Sohn eines Adligen.

„*Et cuncta erant bona!*“, meinte Benni.

„Wie bitte?“, fragte Jakob.

„Und alles war gut!“, übersetzte der Freund. Benni lachte schallend: „Du wirst es nie lernen, du bist wirklich ein hoffnungsloser Fall!“

„*Suum cuique!*“, konterte Jakob elegant. Jedem das seine. Er sprang auf: „Denn ich hab wenigstens Augen im Kopf. Schaut: Da kommt der Kaiser!“

Lösungen

Der Raub

Die Scherben lagen vor dem Fenster. Das heißt, dass das Fenster von innen eingeschlagen wurde.

Drei unter Verdacht

Die Aussage der Kräuterfrau barg einen interessanten Hinweis: Der Mönch, der die Frau fast über den Haufen ritt, trug eine Kette. Mönchen war jedoch das Tragen von Schmuck untersagt. Es musste sich also um einen falschen Mönch handeln, dem die Kräuterfrau begegnete.

Nachts auf dem Friedhof

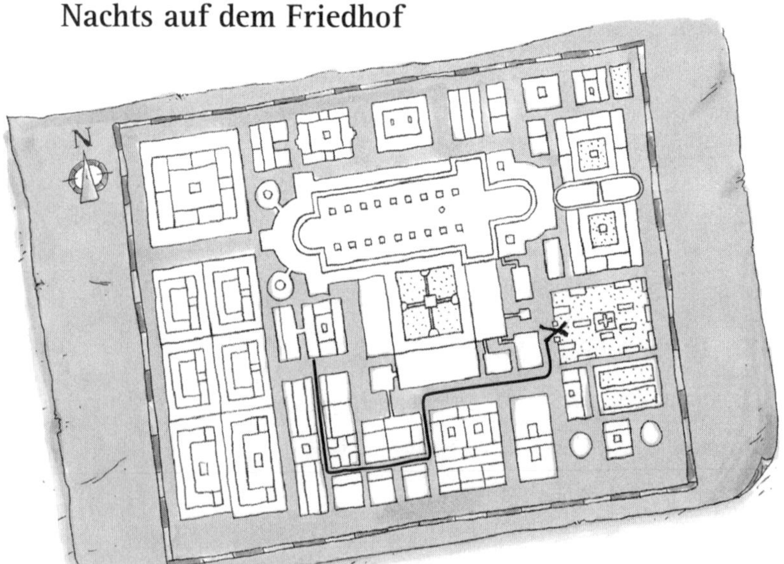

Brennende Augen
Auf dem Pergament stand: Der Schatz der Sakristei.

Rätselhafte Zeichen
Zur Prim, etwa gegen sieben Uhr – nach der Zeitrechnung der Mönche. Angilbert zeigte eine Eins und das Zeichen für Beten.

Auf der Lauer
Angilbert hat die Sakristei nicht wieder verschlossen.

Eine geheimnisvolle Botschaft
Angilbert bestand darauf, dass er mit dem Mönch ohne Gesicht nichts zu tun hatte. Dass es sich bei dem Täter um diesen falschen Mönch handelte, hatte aber bisher niemand in Angilberts Beisein erwähnt.

Jagdzeit auf dem Markt
Die Nachricht lautet: Treffpunkt Galgenberg heute Mitternacht.

Nachts am Galgenberg
Liafwin spielte mit seinen Versen auf den Brunnen an, der auf dem Plan eingezeichnet ist.

Glossar

Abt: Vorsteher, Leiter einer Gemeinschaft von Mönchen
Arithmetik (gr.): Zahlenlehre, Teilgebiet der Mathematik
Bänkelsänger: Sänger, der vorwiegend auf Jahrmärkten auftrat und zu seinen Liedern eine Abfolge von Bildern zeigte
Cicero: bedeutender römischer Redner, Dichter und Staatsmann, lebte von 106 bis 46 v. Chr.
Dormitorium: Schlafsaal der Mönche
Evangeliar (evangelion = gute Kunde): liturgisches Buch mit dem vollständigen Text der vier Evangelien (Markus, Matthäus, Lukas, Johannes); früher kostbar ausgestattet
Hausmeier: der oberste Hof- und Staatsbeamte des Fränkischen Reichs zur Zeit der Merowinger
kanonisches Recht: Kirchenrecht, das das Leben in der kirchlichen Gemeinde regelt
Kleriker: Geistlicher
Komplet: Nachtgebet, je nach Jahreszeit zwischen 18 und 20.30 Uhr
Konvent: Versammlung der stimmberechtigten Mitglieder eines Klosters
Kreuzgang: Wandelgang um einen viereckigen Klosterhof
Latrine: Toilette, Senkgrube
liturgisch, Liturgie: Kultfeier, der amtliche Gottesdienst der christlichen Kirche

Mette: Nachtgottesdienst, gegen zwei Uhr morgens

Minuskelschrift: Schrift, die im Unterschied zur Majuskelschrift Ober- und Unterlängen aufweist

Monstranz: liturgisches Schaugefäß der katholischen Kirche, in dem die geweihte Hostie aufbewahrt wird

Novize: Kandidat für die Aufnahme in ein Kloster. Das Noviziat dauert ein bis zwei Jahre.

Ovid: berühmter römischer Dichter, lebte von 43 v. Chr. bis etwa 18 n. Chr.

Paramente: liturgische Gewänder, kirchliche Textilien aller Art

Pergament: Beschreibstoff, bevor das Papier aufkam, hergestellt aus ungegerbten, geschabten und geölten Tierhäuten

Refektorium: Speisesaal der Mönche

Sacratarius: Mönch, der für den Unterhalt und die Ausstattung der Kirche und der Sakristei verantwortlich war

Sakristei: Nebenraum der Kirche zur Vorbereitung der Gottesdienste

Skriptorium: Schreibstube

Vergil: römischer Dichter, lebte von 70 bis 19 v. Chr., gilt als der beste Dichter der römischen Antike

Zeittafel

687–714	Pippin II. ist Hausmeier am Hof der Merowinger.
714–741	Karl Martell, unehelicher Sohn Pippins II., wird nach dessen Tod Hausmeier.
737	Karl Martell regiert ohne merowingischen König.
747–768	Nach dem Eintritt seines Bruders in ein Kloster wird Pippin III., Sohn Karl Martells, Alleinherrscher des Frankenreichs (751). Er wird vom Papst als König bestätigt.
ab 768	Karl der Große regiert nach dem Tode seines Vaters Pippin III. und seines Bruders Karlmann († 771) das Frankenreich.
772–804	Sachsenkriege
773–774	Eroberung des Langobardenreichs
789–812	Slawenkriege: Die Wilzen, Sorben und Tschechen werden tributpflichtig gemacht.
791-796	Unterwerfung der Awaren: Das Gebiet von der Odermündung bis zur Adria gehört nun zum Reich Karls des Großen.
795	Errichtung der spanischen Mark
798	Karl der Große ordnet in der *Admonitio Generalis* an, dass die Geistlichen in Klöstern oder Bischofssitzen Leseschulen für die Jungen einrichten.
25.12.800	Kaiserkrönung Karls des Großen durch Papst Leo III.
812	Vertrag von Aachen: Karl der Große wird vom oströmischen Kaiser Michael I. gegen Herausgabe Venetiens, Istriens und Dalmatiens als Kaiser anerkannt.
28.01.814	Karl der Große stirbt in Aachen und wird in der Pfalzkapelle beigesetzt.

Karl der Große und seine Zeit

Die Reformen

Karl der Große war ein Mann der Bildung und ein Reformer. Er verfügte über hervorragende Sprachkenntnisse (darunter Latein). Karl der Große erkannte die Wichtigkeit von Bildung und Kultur und gab diesen Dingen, zumindest in späteren Jahren, mehr Gewicht als dem Schwert. Es ist fast unglaublich, welche Flut von Gesetzen und Erlässen auf Karl zurückgeht:

Karl sorgte dafür, dass Schulen eingeführt wurden, um den Adel zu bilden (fränkische Bildungsreform). Er selbst blieb sein Leben lang so wissensdurstig, dass er noch im hohen Alter schreiben lernte. Karl ließ Stammesrechte aufzeichnen und sanierte das völlig chaotische Geldwesen (verbindliche Einführung des Silberdenars im gesamten Reich). Er reformierte durch die Einführung der karolingischen Minuskelschrift die lateinische Schriftsprache. Karl überarbeitete auch das Heereswesen und das Gerichtswesen: Landgrafen mussten eine bestimmte

Anzahl von Wehrpflichtigen stellen, und bei Gericht wurden Schöffen eingeführt.

Das Regierungssystem

Um seine Ideen und Pläne umsetzen zu können, umgab sich Karl mit gebildeten Männern, einem Beraterforum, an seinem Hof (Palatium). Der Herrscher erweiterte die klassischen Hofämter aus der Merowingerzeit (Seneschalk, Kämmerer, Mundschenk, Stallgraf) um das des obersten Hofkapellans.

Ein Geistlicher war der einflussreichste Berater an Karls Hof: Alkuin von York. Dieser war auch der Verfasser der Lehrbücher, die an den klösterlichen Schulen wie der des heiligen Martin in Tours Verwendung fanden.

Ein weiterer wichtiger Mann an der Seite Karls war Einhard, sein Biograf. Einhard haben wir viele Informationen über Karl den Großen zu verdanken.

Die Aufgaben der Gelehrten bestanden vor allem darin, die Pläne Karls in Mustertexte umzusetzen, die an die Kloster verschickt wurden, die dieses Wissen weitergaben.

Um das immer größer werdende Reich überhaupt regieren zu können, führte Karl die Königsboten ein (missi dominici). Diese reisten meist zu zweit (ein geistlicher und ein weltlicher Vertreter) und setzten Anweisungen des Königs vor Ort durch.

Die Nachkommen

Karl war viermal verheiratet und hatte mindestens 18 Nachkommen. Die meisten seiner Kinder und Enkel durften an seinem Hof leben und genossen eine ausgezeichnete Erziehung. Ausnahme war der älteste Sohn Pippin der Bucklige, der nach einer missglückten Revolte in Klosterhaft saß.

Karl der Große erreichte ein für die damalige Zeit sehr hohes Alter, er lebte von 742 bis zum 28. Januar 814. Daher blieb es nicht aus, dass er einige seiner Kinder überlebte, darunter 810 die geliebte Tochter Rothrud. 811 starb auch Karl der Jüngere, der als Nachfolger auf dem Kaiserthron vorgesehen war. Es blieb nur noch Sohn Ludwig übrig, der als König Aquitanien regierte und dem man nicht allzu viel zutraute. 813 spürte Karl der Große offenbar sein Ende nahen. Ludwig wurde an den Aachener Hof geholt, wo ihn die von Karl einberufene Reichsversammlung als Kaiser bestätigte.

Nach seinem Tode wurde Karl der Große in der von

ihm errichteten Aachener Pfalz beigesetzt – als erster und einziger Karolinger, was seine Ausnahmestellung unterstreicht.

Karls Nachfolger hatten es schwer, denn bereits zum Ende der Regierungszeit von Karl dem Großen hatte es in der Politik einen gewissen Stillstand gegeben. Militärische Aktionen hatten nur noch Verteidigungscharakter, einige Reformen waren im Ansatz stecken geblieben. Kein leichtes Erbe für Ludwig. Dieser geriet unter starken Einfluss des Papstes und erhielt den Beinamen der Fromme. Weder Ludwig noch einer seiner Nachfolger erreichten je das Format und den Einfluss von Karl dem Großen.

Warum wurde Karl „der Große" genannt?

Es waren nicht nur die Reformen und seine überaus erfolgreiche Regierungszeit, weshalb Karl „der Große" genannt wurde. Auch körperlich überragte er die meisten seiner Mitmenschen. Er war ein sehr guter Krieger, der mehr als die Hälfte seines Lebens im Sattel bei Kämpfen verbrachte.

Karl der Große hatte das Glück, zu einem denkbar günstigen historischen Zeitpunkt geboren zu werden.

Seine Vorfahren hatten ihm den Weg zur Größe geebnet. So war es Pippin II. als Hausmeier am Hof der Merowingerkönige gelungen, die großen innerfränkischen Adelsstreitigkeiten zu schlichten (687 bei Tertry). Karl Martell hatte mit seinem Sieg bei Tours und Poitiers die arabische Gefahr gebannt (732), und Pippin III., der Vater Karls des Großen, wurde 751 zum König erhoben und vom Papst bestätigt.

Somit hatte Karl beste Voraussetzungen, das Frankenreich systematisch auszudehnen: Langobarden, Bayern, Awaren und auch die wehrhaften Sachsen wurden unterworfen.

Das Reich zur Zeit Karls des Großen

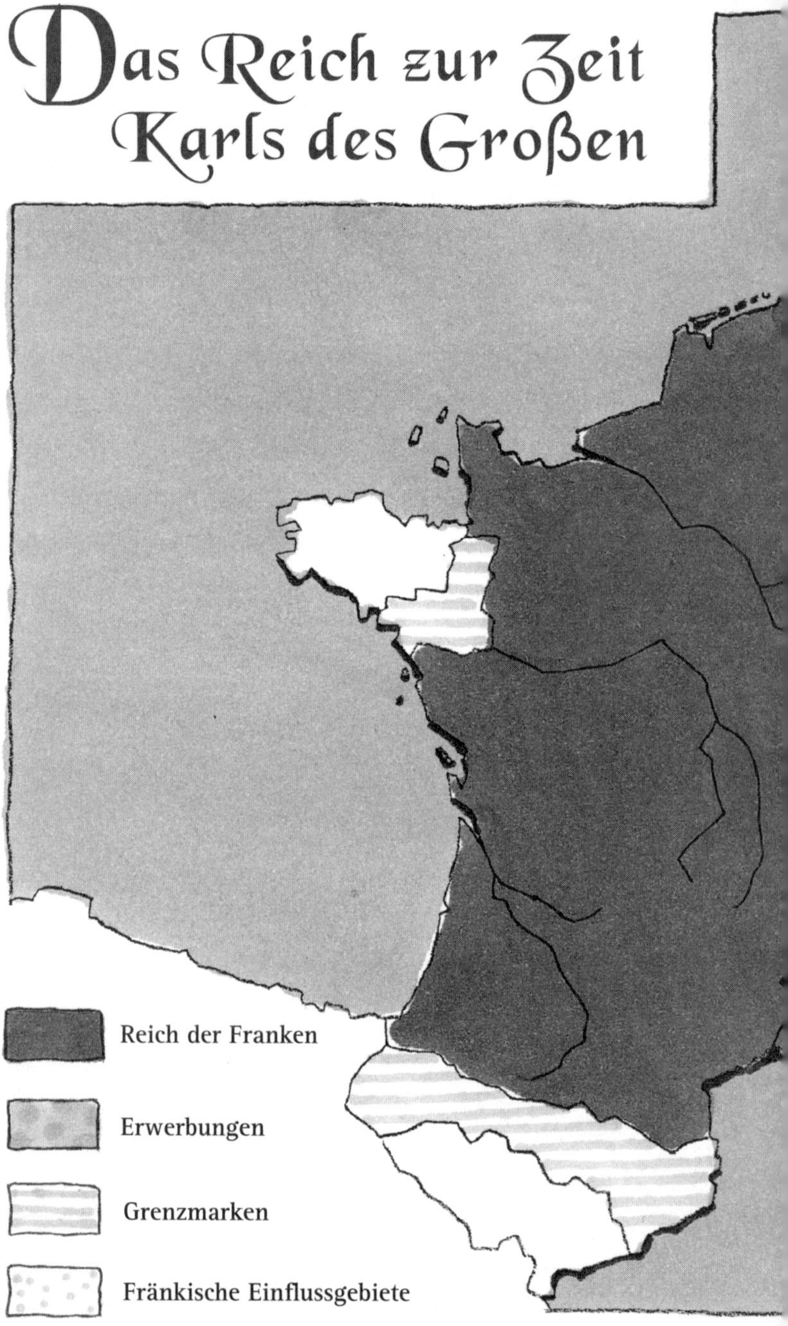

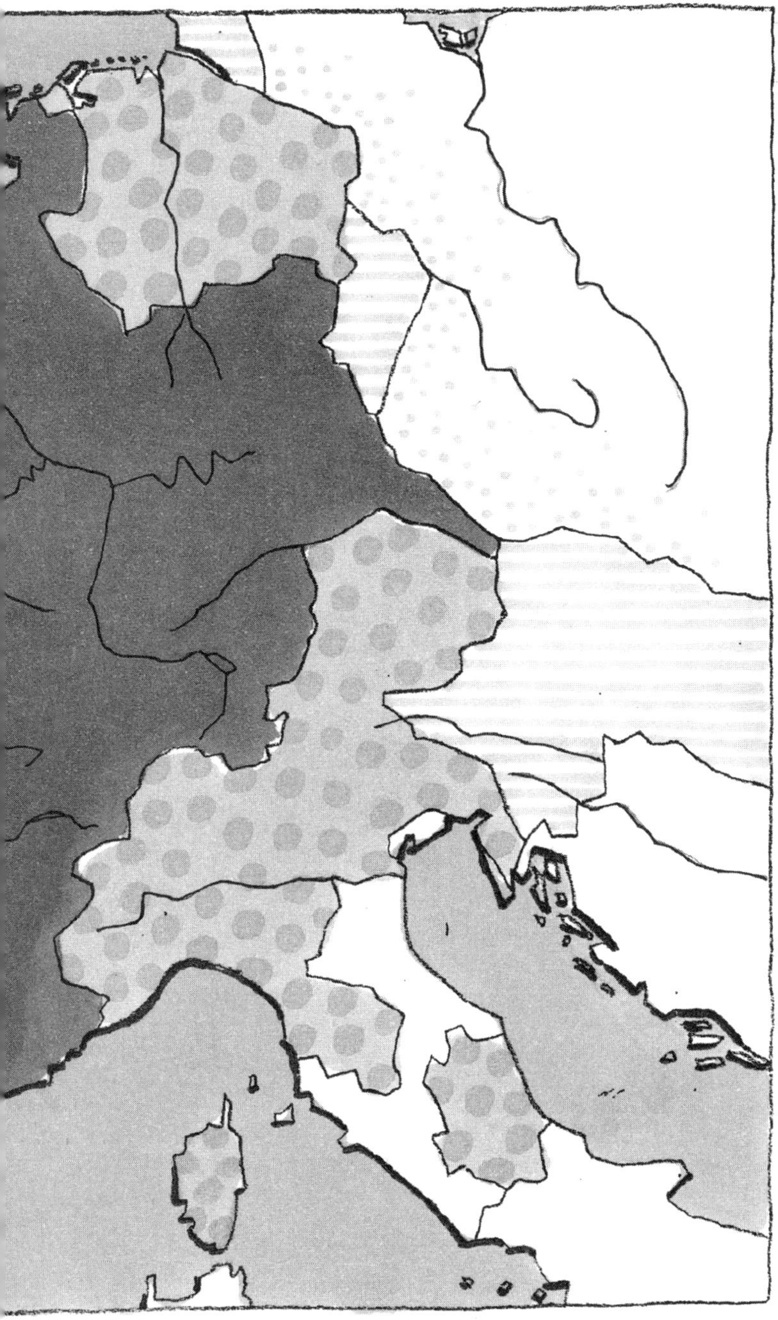

Renée Holler, Jahrgang 1956, studierte Ethnologie und arbeitete zunächst als Buchherstellerin, bevor sie auf Reisen rund um die Welt ging. Seit 1992 lebt sie mit ihrem Mann und ihren zwei Kindern in England, wo sie schreibt und übersetzt.

Fabian Lenk wurde 1963 in Salzgitter geboren. Der Musik-, Brettspiele- und Fußball-Fan studierte in München Diplom-Journalistik und Politik und ist heute als Redakteur tätig. Er hat seit 1996 sechs Kriminalromane für Erwachsene veröffentlicht, schreibt aber besonders gern für Kinder und Jugendliche. Fabian Lenk lebt mit seiner Familie in Norddeutschland.

Silvia Christoph, Jahrgang 1950, studierte Grafik-Design und arbeitet seit mehr als 20 Jahren als freie Illustratorin. Heute schreibt und illustriert sie Kinderbücher und ist für zahlreiche Verlage tätig. Sie ist außerdem Musikerin, spielte in verschiedenen Bands und arbeitete als Studiosängerin für Disney-Produktionen.

Christian Zimmer wurde 1966 in Nordkirchen geboren. Er studierte Design in Münster und arbeitet seitdem als Grafiker und Illustrator. Wenn er nicht gerade Hasen, Hühner oder Sonstiges zeichnet, macht er auch gerne laute Musik.

TATORT
GESCHICHTE

Historische Ratekrimis

Geschichte erleben und verstehen!

Loewe